KB116790

옥비의 달

박태일 시집

시인

의

말

펼쳐놓고 보니 듬성듬성하다.

『풀나라』로부터 열두 해에 걸친 발자국이다.

징검돌 『달래는 몽골 말로 바다』조차 없었다면

더 애처로웠을 녀석들 아닌가.

순서 없이 뒤섞었다.

시야, 달리자.

넘어지고 엎어지더라도

보름달 풍선 멀리 쥐고

자꾸 달리자.

차
례
—

1부

2부

3부

4부

해설

1부

# 12월
― 김창식에게


엉개나무집 흙담 너머

낮은 양철 기도원

슬픔을 빗질하는 솔빛 능선을 보라

우리 잊고 산 지 세 해인데

사람살이 좁은 골짝마다 길은 닫혀도

까치가 훑고 다니는 고두밥 눈길이 깊다고

중얼거리는

혼자 저무는

그대 뒷집은 가랑잎 꽃무덤인가


하늘로 길품 떠난 그대 찾다가

오늘은 내 걸음

보름달 물가에서

잠을 묻는 기러기.

# 사랑을 보내놓고

사랑을 보내놓고

보낸 나를 내려다본다

동리 간이 우편취급소는 새로 바뀌었고

바뀐 사무원은 손이 작다 몸집이 작다

아아 이별도 작게 하리라

사랑은 특급으로 떠났다 특급이 못 된 사랑은

행낭에 물끄러미 포개져 존다

특급 사랑을 못 해본 내가 특급 우편을 부친다

사랑이 떠난 뒤에도 사랑 가게를 볼 수 있을까

사과를 깎고 비 내리고 차들 오가고

나는 사랑과 이별을 나눈다

침대 위에서 침대 아래서 나눈다

이별은 멍든 구석이 어디쯤일까

사랑을 보내고 한 달 사랑에게 전화를 건다

출타 중, 기별해야 할 다른 이별이 남았나 보다

저녁 술밥집처럼 축축한 목소리로

다른 사랑을 만나나 보다

사랑은 멀고 나는 사랑을 잊는다

길에서 잊고 지하철에서 잊는다

사랑이 떠난 뒤에도 사랑 가게를 볼 수 있을까

사랑 많이 버세요 다른 사랑이 웃는다

나도 사랑을 별만큼 많이 벌고 싶다

사랑을 보내놓고

사랑 가게 문을 닫는다

어느 금요일까지 기다리리라

토요일 일요일에는 전화를 걸 수 있으리라

은행나무가 수화기를 내려놓는다

수루루 사랑이 떨어진다.

# 동묘 저녁

동묘에는 안개가 산다

서울서 가장 짙은 안개

긴 안개

동묘에는 동무도 없이

나온 안개가 골목을 돈다

주인 물러간 집 허물어진 벽 사이로

감자 고랑처럼 내려앉은 안개 가게

등 꺾은 군화에 낡은 전화기

언젠가 월남에서 건너왔을 물소 뼈도 물 발자욱 소리를
낸다

동묘에는 몽골 어디서 왔는지

자매가 게름게를 말 안개를 피우며 간다

관우를 닮은 사오정을 닮은 이웃나라 안개도 있다

겉장 속장 젖은 안개

시침 분침 포개 멈춘 안개

그리운 이름 고향 다 묻은 안개가

골목 끝까지 희읍하다

서울 동묘에는

안개 아닌 것이

안개 흉내를 낸다

몇 해씩 머물렀지만

가슴에 등에 지번을 달지 못한 안개

종종걸음으로 몰려들었다

막 지는 저녁을 따라

서울 바깥으로 짐을 싼다.

# 기러기

잘 살으래이 박 서방 밥 잘 해 멕이고 애비 벌이 주는 돈 야무치게 해서 아들딸 잘 키아라 나는 지금 가도 항게도 아까분 거 업다 원도 업다 잘 키아라 몸 아푸면 빨리 병원 가고 니 욕보는 줄 안다 니 에미 아비도 그래 한 번씩 뭐 끼리 묵는가 자주 들다보고 마 욕본다 희야 박 서방 밥 잘 해 멕이고 기러기 가튼 니 가시나 머시마 잘 키우고 또 봄에 날씨가 따뜻하믄 조켓다.

# 녹산에서 하루

쇠물닭 까만 어미를 만난 일이다
쇠물닭 까만 아들에 딸을 만난 일이다

숨어서 모이를 쪼는
쇠물닭의 상복

녹산 수문 큰물 뒤
토닥 토닥토닥

그래 내 자마 오냐
그래 내 자마 오냐

고요히 내려앉던
빗물의 만불만탑.

# 언덕 위에 성당이

언덕 위에 성당이

언덕 깎여 나간 자리에 서서

언덕을 한 차례 더 높여준다

성당은 흐린 회벽에 붉은 창문을 달았는데

성당의 딸인 오리나무 가지가 창문을 올려다본다

언덕은 옆구리 아래로도 깎여 비어

신제비를 불러들이고

바다로 나서는 강물이 느릿느릿

제 발목을 푸는 다대포 모래톱

끝자리까지 한눈에 살핀다 보꾹보꾹

떠 있는 작은 배도 내려다본다

장마가 오기 앞서 들마꽃 인동 아이들이

성당으로 찾아들어 성당 기둥을 타고 내린

지난해 장마 흔적을 두드린다

성당에 당동 종소리

성당에 당동 종소리

언덕 위에 성당이

언덕 깎여 나간 자리에 서서

오늘은 발밑까지 노을을 불러 앉힌 뒤

내 아내 아내 벗 둘이

내려서는 언덕길을

한참 동안 지켜준다.

# 구름 마을

중창에 안창이 있어
마을 내림 오랜 줄은 알겠으나
집집 처마 낮게 잇대어 앉은 품이
여름 여우비 피해 농막에 든 장돌뱅이 같아
모두 가벼운 입성이다

수돗물을 빈러 중창으로 내려가서나
위쪽 만리산 약수터로 오내리는 사람은
보이지 않는다 한가위라
때아니게 길은 바빠서
더 위쪽 공동묘지로 성묘 나선 낯선 이가
한둘 빛난다 한낮

철상 뒤 물밥을 문간에 받드는 일로
집안마다 손님 대접 다른 것을 안다
시멘트 좁다란 골목길 따라
사과 껍질에 쓴 고사리 살림 품새가 얇은 집
그 댁 아버지 쓸쓸하니 며칠 밖으로 나돌았을 성싶고

조기 대가리에 오금야금 박나물을 아끼지 않은 집
딸네 손 채비는 넉넉하겠다


명절이라 마을 안까지 가을이 썩 들어서서
산 번지 따시한 햇살 아래
오리불고기집 화신슈퍼 간판은 마냥 두렷하여
일찍 벌초 끝낸 떼무덤 본 듯이
풀 비릉내 은근하고 환하게 끼쳐오는데
건너 솔잎도 차츰 누런빛을 띠니
땅 속 깊은 제 입술 앙다문 것


마을버스 되돌아 나가는 공터에
아이들은 탁구공처럼 모였다 흩어진다
산 들머리 가파른 계단길
자줏빛 나팔꽃 꺾고 계신 할머님은
무슨 약 삼아 몸과 마음 일으킬 셈인지
나팔꽃 줄기보다 여윈 한숨 두리번두리번 쉬시는가

〉

만리산 이름부터 멀기만 한 산

만 리 극락 한 봉우릴 인 안창마을은

세상에서 십 리는 더 올라선 듯

내려가는 마을버스에 앉은 사람들 얼굴이

구름 자욱 닮은 것도 한 풍속이다.

# 새벽빛

지하철 공사 기중기가 밤새 끌어올렸나
흰 초생달
쉰 살 무렵 아버지
등덜미 같다

서부정류소 시계탑
왕벚나무 가지마다 혀를 깨물어
봄봄봄 흩어진다
내 슬픔의 일용 노동자.

# 두만강 건너온 레닌

비오는 부르하퉁하 물안개 그득한데
너는 어디 머물다 이 거리로 들어섰느냐
간밤 놀이터 떠들던 사람 돌아가고
젖은 기구들이 낡은 무저선 같다

이마에 붉은 등 자동차는
연길대교 위를 지싯지싯 미끄러지는데
허물고 짓고 세우는 거리 어느 골목에서도
깃들 데 없어 발 오그리고 숨었더냐

너는 회령에서 왔고 정주에서 왔다
청진에서 왔고 안주에서 왔다
어둠에 떠밀리며 얼음장처럼 건넜다 했느냐
허기를 쥔 채 추우면 울며 잤다 했느냐

화룡현 옛길 걷고 도문 길 호숩다는 차도 타면서
두고 온 어버이나라 강성대국 소식은 묻은 채
식구도 동무도 없이 두만강 건너와

고요히 내 방에 이마 눕힌 책


400쪽 낡은 『레닌과 민족문제』한 권
얼음 박힌 네 발가락 움찔거리며
떠돈 길 무엇을 증명하기 위해
엇구수한 표지가 머리로 걸은 듯 무겁다


여름 새벽 강가 아파트 19층에서 일어나
네 어깨며 배를 약손인 듯 쓰다듬으면
슬픔은 옆구리 밟힌 열두 살 산돼지처럼
토드락토드락 앞가슴 차며 오는구나.

# 성모병원 난간에 서서


비라 해도 오는 것 같지 않더니
거리에는 젖은 아파트 퍼즐

너는 빈 머리로 누워 나를 본다
마흔에 터진 뒤 쉰둘에 세 번
까까머리 고교 때부터 도시락이든 짜장면이든
훌렁훌렁 넘겨 자랑이었는데 너는
무엇이 바빠 남 먼저 핏줄을
모자반 공기주머닌 양 밟고 누웠는가
그새 머릿속 주소가 뒤바뀌었는지
핏줄끼리 낯설어졌는지 정태일
네 성과 내 이름을 묶어 부르면서
내 앉을 자리를 더듬거리는데

뒷산 솔숲에는 다친 너보다 더 다친 듯
솔잎 턱턱 떨어지는 겨울

넘어진 만이 처지에 집안 건사나 되었으랴

내일은 까치설 네 고향 언양 쪽에는

며칠 앞서 내가 어머님을 묻고 온 공원묘지가 있고

오늘은 그 길목 식당에서 먹은

순두부 맑은 간수와 같은 비가 내렸는데

설도 설 같지 않아 너는 누웠다 앉았는가

살아온 날 살아갈 날을 셈하듯

네 아내는

점심을 떠 주고

나는 성모병원 칠 층 난간에 서서

용호동 아랫길을 본다


아픈 다리로 네 아내와 교대하기 위해

병원에 들어서는 어머니를 본다.

# 처서

아부지 이제 가입시더
술을 껴입은 채 쓰러진 아버지
아버지 쓰러뜨린 무슨 짐을 제가 다 질 듯
소년 상주가 운다

비죽비죽 비가 솔잎을 씹으니
나무마다 쓰린 날
앞물 뒷물 다 비운 채
닻을 내린 산등성

영락 공원묘지
저승에서 밟을 영원한 낙이란 어떤 것인가

아부지 이제 가입시더
갈 데도 없을 듯한 이승
찬 바닥을 쪼고 있는
까치 두 마리.

# 영락원

세 알 콩깍지
네 알 콩깍지
마흔과 쉰 가파른 골목
아버지 헛디디시던 노랫소리같이
높낮은 다섯 알 콩깍지

저승에서도 아버지 어머니
나이 드셨을까
파묘한 고향 아버지
공원묘지 어머니 곁에 모신 뒤
다시 찾은 아침

콩깍지마냥 좁은 납골함 벽무덤 아래서
아내는 위령기도
조곤 조곤거리고
나는 어제 저녁에 씹다 만 슬픔을
마저 깐다.

# 꼬질대

문득 꼬질대라는 말이 왔다
일테면 논산훈련소 훈병수첩
분침을 잘라 붙이며 쓰레기장
조각 신문지 맞추며 시를 생각했던
27연대 거기서 처음 만난 꼬질대
꽂았다 뺀 엠원소총 개머리판에 볼을 대고
넌 십과 날 그리고 별을 가늠하다
초병을 기는 초벌레처럼 8주 훈련을 마친 뒤
밤기차에서 꼬질꼬질 졸다 대구역에 내렸을 때
꼬질대는 더 자주 닦이고 빛날 물건
엠원에서 카빈으로 바뀌고도 한결같던 꼬질대
꺾이지 않을 것 같던 꼬질대
꼬질대는 반 여든 세월을 넘어 어느 한낮
전화를 걸어왔다 독도경비대
거기로 가려다 울릉도에도 못 이르고
영덕 오십천 강가에서 경비나 서면서
푸른 물수제비를 띄웠던 꼬질대
지금은 황소를 키워 황소집 주인으로 살거나

갯가 어느 횟집에서 도마를 두드리며

아저씨 또는 오라버니로 출렁거릴 꼬질대

남자라면 거의 지녔을 꼬질대

남자라면 거의 반납한 꼬질대

문득 꼬질대라는 말이 왔다

은빛 물살을 채는 갈매기

오십천 물바닥 전화가 왔다.

# 오류동

　구름 구들장 띄워놓고 고요한 물가 혼자 걷는다 꾀꼬리눈썹에 튼살 주름에 나비길로 오내리는 벼랑 따라 흔들 간다 얼금뱅이 느티 당목 지나

　가마 오마 말도 없이 여우비 지나간다 강새이 한 마리 꼬리 물고 돈다 나팔꽃 범벅꽃이 늦더위에 돌돌 말리고 앞물 뒷물 잉이 비션빌로 띈다

　가지 많은 가지 형제처럼 대처 나간 아들 손자는 어느 고랑에서 익고 있을까 부엉이 자는 부엉산 가을볕 아래 해 걸린 벌초 무덤 다북쑥 자북한데

　속눈질하듯 어둑살 내린다 새벽부터 장고방에 무씨래기 뒤설레더니 텃밭에 가랑잎 발자욱 소리 바쁘더니 원왕생 원왕생 첫 눈깨비 오는구나.

# 구덕포

익모초 밭둑 지나 비름나물 굴다리 건너

더듬더듬 물막이둑에 선다

등 굽은 바다

바람은 깊은 데로 흰 북채를 던지고

먼 바다 전화를 받는 듯

멸치밭이 배들 불빛 들썩인다 저녁

안개비는 창을 내리며

또 하룻밤을 기약하는데

두 번째 남자 세 번째 남자를 혀 밑에 묻고도

오라버니 오라버니 훅훅

뒷덜미 간질이며 따라온다

왕벚꽃 환한 길.

2부

# 저녁달

비계산과 박유산 사이
우두산과 미녀봉 사이
장군봉과 오도산 사이
가조 들품에 일부리가 앉아서

2003년 8월 15일은
김상훈 시비가 일어선 날

함지박 안고 밥 빌러 나간
시인의 어머니가 이제사 돌아왔는지
구기자 빨간 사립이 휘청
박 넝쿨 낮은 담장이 출렁

이승 이쪽을 보고 계신다.

# 욕지 목욕탕

욕지에서

목욕을 한다

줄비 내리는 아침

목욕탕에 손은 없고

주의보 맵게 내렸다는 앞바다

방학이라 뭍으로 나간

주인십 방에서 여러 날 쓴

주인의 면도날을 빌리면서

하루 내내 비 올 일 걱정했는데

우체국 골목 뒤 목욕탕

더운 물 차운 물 오간 뒤

욕지 목욕탕 나서면

연속극 엄마의 노래

마지막은 어느 아침일까

젊은 안주인은 다시

배를 깔아 티브이 채널을 웃고

뱃길로 한 시간 먼저 온 통영배가

욕지배를 기다리는 선창

당산나무 당집도 먼 등성인데

떨기째 지는 능소화

붉은 길로 혼자

오른다 욕지

구름 목

욕탕.

# 산해정

산을 바다로 삼고
바다를 산으로 삼아 머문 열여덟 해
누에가 뽕잎 위를 기듯
철따라 제자들 오내렸을 골짜기

어느새 눈까풀에 밥풀이 붙어
밥풀눈으로 보는 세상이라 감감했던가
간도 허파도 줄 게 없으니 제자들 비고
잘름잘름 걸음 살림에 쥘부채 하나

왼 퇴계 오른 남명 헛이름만
산초 씹듯 혀 밑에 껄끄러운데
아내 묻고 아들 묻고 떠난 곳
삐요삐요 중병아리만 수수밭 콩밭 치달아

나무 베개 눕혔을 동쪽 터로
네 백 년 세월에 남은 것

닭백숙집 손들이 뱉은 뼈무덤

낮달 혼자 진 감나무.

# 상추론

적치마상추 뚝섬적치마상추 조선흑치마상추 청치마상추
먹치마상추가 중엽쑥갓 치마아욱 곁에 앉았다

상추와 상치를 왔다 갔다 하는 사이
치마를 입었다 치매를 벗었다 하는 사이
입맛이 바뀌고 인심이 달라졌단 뜻인가
아 조선흑치마라니 청치마라니 오늘은
알타리무가 치마아욱 곁에 쪼그려 앉았다
할매약초 중앙종묘사 부전시장 어느 새벽보다 먼저
꽃치마 주름치마 짐짓 접은 씨앗 아이들
그래서 상추는 앞뒤 모르고 찢어졌던 세월 같고
잎잎이 떠내려간 누비질 추억이었던가
무심한 무와 상추 사이에서 허전한 상치와 상처 사이에서
출근길 시장 골목 글로벌타워 높다란 커다란 상점 위로
귓불에 솜털도 가시지 않은 채
겉옷 속옷 눈물 뭉텅뭉텅 닦으며
마냥 밟힌 구름을 보는 것인데
쌈쌈을 밀어 넣다 울컥거리는 네모 밥상

저문 마을에 도로도로 놓일 한 끼

슬픔을 씹는 것인데


적치마상추 뚝섬적치마상추 조선흑치마상추 청치마상추

먹치마상추가 중엽쑥갓 치마아욱 곁에 앉았다.

# 누부 손금

이 꽃 저 꽃 다 지는 오월
아카시아 길 따라 삼랑진 간다
용전 사기점 누부 만나러 간다


자성산 능선이 불쑥 휘돌아 내리는 소리
멀리 먼 주소의 비라도 기별하려는지
자두 속살같이 젖은 그리움이 봇물 트이듯 흘러 흘러서
어릴 적 누부가 던져 보낸 웃니 아랫니를 생각하며
매지구름 뒤우뚱 어미 찾는 시늉을 본떠
생림 사촌 독뫼 이름 고운 마을도 지나고
막걸리통 농약병 뒹구는 논둑길 웃으며 걸어
새삼 덩굴 울을 친 골짝 검은 가마자리 누부집 간다
그릇도 질그릇이란 한자리 눌러 살며
불심 센 참나무 참 장작으로 키워 낸 자식이라서
못물에 소낙비 들고 뒤주에 생쥐 들듯
센 불 낮은 불 오내리는 소리 사발 금 먹는 소리
귀얄 술술 날그릇 덤벙덤벙 담그던 슬픔도
물레질 한 발길로 고임돌에 올라 앉히고

질흙 같은 열아홉 나이가 서른 마흔 쉰 불통을 타고 넘어

바람 올 적마다 고욤나무 까치집 까치를 보며

누부는 앉아 울었을까 서서 울었을까

살강에 잿물 듣는 밤마다 사기점 물은 흐르고 흘러

마을에는 여적지 떠나지 못한 이별이 있었던가

사금파리 널린 골짝 물살 따라 두 백 년이 또 두 번

도랑도랑 구르다 묻힌 눈배기돌

작두콩만 한 눈배기돌을 주워 들면

거기 찍혀 살아온 누부 손금

귓불 차가웠을 누부 손자들과

해따라 철따라 도랑물에 씻긴

저녁 어스름


이 꽃 저 꽃 다 지는 오월

사금파리 무덤 위로 보름달 떴다

누부가 굴리던 옛도 먼 옛날 누런 물레틀.

# 발해를 꿈꾸며 동해에 지다

통영 옛 이름은 두룡포
통영 사람들 퇴영이라 일컫는데

지아비 주검 찾으러 물밑 고을로 내려간
해평 열녀 감았던 천 발 새끼줄이
며칠 뒤 건져 올린 두 주검에는
통영 바다 꽃인연이란 인연 죄 따라 올라왔다는

사월도 가는 가랑비
동백꽃 물밑 이야기가 낯설지 않은 오늘

그 골목 걸어 동해로 건너간 사람 있다
구름 둑길 넘어 청어 골짝 지나
개펄 속 가로등 하나둘 켜질 때
돛대 시침은 어느 별을 가리켰던가

세병관 높은 마루에 서서
이제 막 발바닥 접는 갈매기 본다

달샘 해샘 충렬사 물빛 닮은 두 눈

엎어진다 넘어진다


넘어지면서 헛바닥 파도 깊이 묻는

퇴영 사람 장철수

바다 사람 장철수

1960년~1998년

칼날 파도로 깎은 묘비


발해를 꿈꾸며 동해에 지다

오 독도 하얀 용오름.

# 석기시대

파묘한 흙밥을 되묻듯 어느

온천 지구에서 늦게까지 술에 적신 뒤 그가

마지막으로 쥐었던 삽은 어떤 꼴이었을까 일테면

스무 해가 넘었어도 둘만 앉은 자리가 없었던 기억

그럼에도 그는 지나칠 적마다 유적을 돌보다 온 것처럼

아득하게 웃었다 웃음에는 늘 뒤가 뚫렸다는 느낌

함께 지냈던 오 층 양회 집에서는

가끔 석기시대 풀 비릉내가 났고

말수를 줄인 사람들 돌빛 살결도 지녔다

그래서 그런지 뜰 한곳에는 물가

큰돌무덤 뚜껑돌까지 짝으로 데려다 놓았다

그 위에 갈아 앉힌 알집 구멍으로

까치 내외가 날아와 고인 빗물을 쪼기도 했다

그는 석기시대 어떤 돌도끼를 찾다

아예 그쪽 나라로 건너간 것일까 월요일 한낮

문득 그가 어디론가 떠났다는 전언

그나 나나 어느새 달뜰 것 없을 예순 골짝인데

무엇이 급해 묵은 부적을 떼듯 스스로 삶에서 내렸는가

황토밭 떼무덤처럼 그가 파고 싶었던 삶은 붉었을까

돈 자식 건강 사랑 아아 무덤덤한

대춧빛 인심을 몰랐더란 말인가 나는

기껏 근대 백 년을 무동 태우고

그는 몇 천 년 석기시대 머리맡을 걸었는데

어느새 먼 세월을 한꺼번에 밟고 싶었던 것일까

월요일 한낮 검은 가락바퀴

작고 둥근 구멍 눈을 밝힌 채

나는 저승 한 곳을 보며 섰다 이제

이 자리도 가끔 쓸쓸하다.

# 광한루 가는 길

용성초등학교 옆 용성헌책방에서는 왜

땅바닥 넘너른히 장난감을 널어놓고 팔까

책장에 얹어둔 책 속에서 속초 이성선의 옛 시집을 찾은 일은

칠월 산길 도라지 꽃풍선을 터뜨리는 느낌이다

그리고 용봉시장 갓길 백반 오천 원 돈족탕 육천 원

송월정 동네 식당 문 닫은 대지방앗간 기울 기울거리는 맞은쪽

주인 부재중이라 붙인 대지조류각종알부화집이 재중이다

새는 주인을 닮았다 잉꼬와 흰 문조 벼슬 붉은 십자매도 부재중

게다가 살쾡이 붉은 눈빛 박제 주둥이는 무얼 씹다 만 시늉이다

우리 맨 아래 두 칸은 토끼 암수 더부살이

몸을 부풀린 채 깃을 물거나 낮잠을 중얼거린다

부재중 주인은 먼 데 산비둘기 모으러 갔을까

메추리 닮은 벗을 찾아 나섰을까

칸칸이 모이집과 마른 물통 노란 앵무는 어느 방인가

깃털 빛깔이 아름다움 체질도 튼튼해서 기르기 쉬움

애교와 호기심이 많은 눈 날카로운 목소리가 단점

작은 풀이표를 붙인 일이 용성헌책방과 닮았다

각종 소설 전집 자습서 헌책 사고팝니다 교과서 동화책 사전

소설 전과 문구 완구 교재 용봉동 용성초등학교 옆 용성헌책방을 지나면

음악의 노예들 악기점 기타 악기 사고파는 곳

붙인 미닫이에 김장용 박스 팝니다 광고까지 기르는

그곳도 실한 알까기를 꿈꾸는 게 틀림없다

돈 부화 건강 부화 사랑 부화를 겨늠해서 그런지

거리에는 늦은 더위가 지저귀고 사람들은

호박꽃 속 박각시처럼 얼굴빛 쪼며 걸어간다

붐붐 차바퀴 소리도 붐붐붐 부푸는 곳

남원시도 용봉동 용성초등학교 옆 용성헌책방에서는 왜

장난감을 땅바닥 넘너른히 널어놓고 팔까.

# 법화사


산수유 노란 꽃잎이
꼭 바로 하늘 향해 낭자한 까닭은


비탈 탓만 아니다 건너 도토리 동굴
탄피 구르는 소리에 귀를 빼앗긴 마음


혁명지사 김주민 손손녀
돌바위 글발 위로 저녁 햇살 바르게 바르게


나 왔다 말도 없다
떠나는 구름


하풀하풀 비닐 지푸라기 깔고 앉아
밑에서부터 썩고 있는 새알 둘.

# 문풍지

한때 나루터였던 종가이<sup>*</sup>
빈집만 서넛
아랫배로 강줄기를 받는다

벼랑을 구르다 멈춘 참나무 가지엔 까치 암수
사흘 내내 쌓였던 눈덩이 푹 지는 것을 본다

어느 방이었을까
마당귀에 맨드라미 벼슬 솥을 걸어놓고
자꾸 울던 한 아이가 있었다.

<sup>*</sup> 종가이 : 경남 합천군 율곡면 임북리 종간 마을.

# 황강 18

옆으로 기는 버릇에 게게 게라 일컫는다지만

길마다 밟은 죄 다 간추리면 한 하늘 엮고도 나머지 셈인데

뚱게 털게 없이 게젓 범벅 같던 세월

가로 돌다 모로 돌다 지렁장 어둠에 갇혔던 것을

쉬어 이십 리에 걸어 삼십 리

쉿쉿 구름 속 구름 딛는 소리도 들으며

나 간다 굴불굴불 슬퍼 추억 간다

접시꽃 빨간 한길

환한 소금강.

# 황강 19


가회도 황매산 돌집이 많아
밤마다 그랑그랑 저승방아가 도는데


의령 자굴산에
해 돋는 아침


영암사 아랫길로
노루오줌 붉은 꽃이 줄지어 핀다.

# 황강 20


황강도 진 진눈깨비 묵은 슬픔 이기지 못하겠습니다 한
잔 향불로 두 번 절하고 아룁니다 어디 가 계신고 세월 돌아
와도 소식 적막합니다 세상에 원통하기 오라버니 위에 뉘
있다 하겠습니까


옛일을 생각하니 자리마다 눈물이라 슬프다 오라버니 고
향길 떠나갈 제 툇마루에 아버지 사립문에 어머니 믿은 바
가 오라버니 그린 바가 오라버니라 섬나라도 비행장에 벌건
목도꾼 되었는데


슬퍼 슬퍼라 세월이 그릇되니 서른 앞서 청춘에 슬프다
사오월 긴긴 해에 먹고 싶은 배도 곯고 삼동 긴긴 밤에 자고
싶은 잠 못 자고 힘대로 어버이 모셔놓고 그다음에 좋은 영
화로 살잤더니


태산 같은 오라버니 태산같이 믿었는데 원수로다 원수로
다 왜놈 부역질이 원수로다 인후하신 오라버니 귀신이 두려
웠나 애고애고 웬 일일고 섣달 보름 찬바람에 달도 죽고 귀

신도 야속하다

　늙으신 백발 부모 뉘 믿고 살아가리 슬프다 오라버니 갈
사록 애달프다 구천에 돌아간들 눈을 어이 감으리요 황강도
열여섯 굽이 슬퍼 슬퍼라 아룀이 있거든 부디 들어주시기
바래압나이다

　오호 애제 상 향.

# 황강 21


한 굽이 골바람
한 굽이 강바람
땅고개 지나 성채에 묻힌 할메는
길 되고 밭 되어 주무시는가
상주 주씨 댁 비각에선
여름 한철 배롱꽃이 귀신을 쫓고
대암산 허리로 구름 몰릴 때
낮에는 비설거지 바쁘더니만
누부야
누부야 동무는 언제
보름 달집에 들었노.

# 황강 22


개벼리 물알로
메기 가족이 하품을 한다
새벽안개 사박거린다
할머닌 연호사 불공 가시고
앵두나무 도둑괭이는
앵두 눈을 고눈 뒤
장독대로 뛴다.

# 황강 23

불쌍한 오라버니 우리는 우짜꼬
안 춥구로 매매 덮어주이소
불쌍하게 살았어도 저승 가서
하고 싶은 것 다 하고 사소

저무나 새나 흔들리는
버드나무 손바닥

도로도로 마을이 몰려 앉은 초계 들
저승문을 열려는지 한 사내가
막 미타산을 넘는다.

구름 손잡이를 쥐다 말고
휘청 뒤도 돌아본다.

# 황강 24

참새 떼 한 무더기

운동회 여는 듯 몰려다니는 방둑길

요요 강아지풀

강아지가 강아지를 부른다

도꼬마리 덤불 속에서

노란 개똥참외 오뉘가

울음 뚝 그친다.

3부

# 안개와 함께

안개는 바보

막 깬 아기처럼

아무 덜미나 쥔다

안개는 가랑잎 손톱을 길러야 하리

안개 솔가지 떠미는 소리

안개 너럭바위 건너는 소리

잔기침 울컥 안개와 달린다 성암산

골 아래 절집에서 염불을 시작했나 보다

바위 고드름이 걸음 뚝 뗀다

무덤자리 지나서부터

안개는 멧돼지 떼 콧소리

우렁우렁 추위 능선으로

뛰어오른다 다시

불러 세우니

안개는 맨발.

## 가을은 달린다

가을은 달리기를 마친 뒤

칠성시장 기찻길 옆에서 탕을 시킨다

보신탕 보신을 위해 앞날 대전을 떠돌다

대전 원동시장을 지나 순대 골목을 지나

다시 대구 서쪽 대곡역 여관에서

아직도 여관답게 허름한 곳이 있다니

벽 모기 여섯 마리를 잠길로 보낼 때까지

십 분 열한시에서 십 분 더 내려설 때까지

성인 채널 2번은 거듭 훅훅거리고

대전도 원동시장 헌책방은 논산훈련소 갈 때

그것도 삼십 년 훌쩍 건너선 옛날

조명희 낙동강 건설출판사 1946년을 건졌던 곳

아가씨 넣어주까 총각, 문밖에서 총각이 서성이던 날은 가고

원동시장을 돌고 대훈서점을 돌고

북한책 전문점 쉰은 돌아가셔서 한 달 앞서 부도나

아들이 명함에 소식을 얹어주고

대전에서 대전으로 서울부산철길로 대구로

가을은 달리기를 마친 뒤

참참 참소주 뚜껑으로 만들어 붙인 차림표 아래서

쓸개주 파란 소주 참 소주잔을 들고

칠성시장 탕집은 고기를 가랑잎처럼 찢어 파는 곳

가을은 다시 달린다 한가위 대목 칠성시장은

빗발을 이고 문어 간고등어가 이웃인데

양초가게 양초는 며칠 지질 듯이 길어

산골 절간으로 갈 준비에 흰 눈을 치뜬다

방금 장만한 토끼 곰에는 대추가 들 것인가

칠성시장은 부드러운 칠성판 비구름을 업었는데

칠성시장에서 대구에서 흘러갔던

1970년대 군대 시절에 만났음 직한 처녀의

허리 굵은 이모나 고모일 듯한 이가 한가위를 배달한다

가을이 배달할 것은 무엇일까

성인 채널 2번은 거듭 송편을 빚고 먹이고

가을은 다시 달린다 비틀비틀 가방을 멘 채

어느 구석 나라에서 왔나 동대구역 비둘기

가을은 참참 쓸개주를 마신 뒤

시골집 울타리에 꽈리 붙어 익은 꽈리처럼

속을 비운 남행 기차로 오른다

가을은 달리기를 마치고

가을은 비에 젖고

가을은 다시 달린다 웃는다.

# 을숙도

새벽에 떠난 구름 거룻배가 높다 세월이 제 몸에 왝짓거리하듯 강이었다 바다였다 굴삭기 파도가 찍어대는 뻘밭

은박지 아파트가 빛난다 바람이 맥박을 쥔다 무릎 까진 대파가 웅성웅성 멀다 내장을 녹인 폐선들 선창은 어디였을까

눈 감고 눈 내린다 깨벗은 발톱으로 뜬 기름을 쪼고 쫀다 오라 어서 오라 한 시절 가라앉을 하늘을 지고 나는 달린다

모래등 지도를 밟고 달린다.

# 시의 탑차를 타고
— 김달조에게


겨울은 등성이마다 추위 천막을 쳤다

굴러 내리던 돌덩이에 찢긴 무덤은

새 흙을 끌어 덮지 못하리라

까치밥 사과는 목맨 시늉으로 지도 위를 구르고

골짜기 축사에선 각진 울대를 부풀리며

어둠을 문짝인 양 긁어대는 개들

풍각에 화양 청도 놋세숫대야 같은 마을

쇠줄 풀린 자전거 바퀴 소리 바람 거칠어도

이 저녁 나는 시의 탑차를 탄다

시의 남편 시의 어머니가 계신 곳

풍증으로 여윈 팔 질경이 손바닥을 펴면

구름 컴퓨터가 늦게 배운 자판을 넘겨준다

가리라 시의 남편과 속삭이리라

마음 늘 신문지마냥 펄럭거리고

무시래기 혀를 말리는 빨랫줄에 얼어 터진 수돗가

집에서는 늦은 저녁을 푸고 있을까

비슬산에서 화악산 한 목청으로 트인 길 따라

나는 냉동 삼계탕 닭 되어 달려간다

어느 배다른 잠자리나 꿈꾸고 있을

시의 남편 시의 어머니를 그리워하며

덩굴 몸을 꼰다

시의 탑차를 본다.

# 고죽을 나서며


돌은 산만 산이 아니다
내려앉은 산
자리 폈다 일어서는 산
고죽에서 바라보는 새알산 나무는
모두 등 쪽이다

나는 참나무 형제 남쪽으로 넘어갈 일을 생각하고
주인은 늦은 점심상에 가지나물을 차리고

하늘과 나 사이에
새알산이 남아
보이는 새알산과 보이지 않는 새알산 위로
구름 아코디언을 띄운다

집개미 깨깨 방아깨비 떠메고 가는 돌담
능소화 꽃타래는 마을을 이루었는데

드는 길과 나는 길이 하나

고죽리 한길로 깻단을 눕히는 팔월

뻐꾸기도 새알산 죄 훑었다

한 차례 가을 오고

가겠다.

# 비둘기 운력

사시 공양 끝난 자리

객승 탁자에 앉아 혼자 먹는다

살강 위 발우포 아래 거망빛 발우는 묵언

촛불이 두 개

부처님은 내려다보시고

비둘기 한 마리 바닥을 돈다

먹은 뒤를 깨끗 섬기는 절집에 무엇이 남았을까

시금치와 우엉은 맛이 깊은데

비둘기는 바닥을 쪼고

나는 밥상을 쫀다

강원 2학년용 탁자 밑으로

강원 3학년용 탁자 율원용 의자 아래로

해인사 공양간 스님 다 빈 뒤

촛불이 두 개

부처님은 내려다보시고

싸리비도 걸레도 없이

비둘기 토닥

토닥토닥 저승 문턱을 쓴다.

# 해인사

비는 숲으로 온다 어디를 딛고 오는지
보이지 않다가 붉솔 숲에서 천천히 걷는다

골짜기 두 옆으로 부챗살처럼 담을 친 빗소리
고개 돌리니 풀썩 무너진다

잠자리 앉아 날개 꺾듯 비가 그친다 승가대학
용마루 너머 키다리 상왕봉이 섰다 가고

낮 한시 수업을 시작했는지
디딤돌 아래 열네 켤레 학인 하얀 고무신

콧등마다 연비 자국이 곱다
나비가 법당으로 알았나 보다 앉았다 날았다.

# 별나라

시인의 손자와 앉아

별나라를 걷는다

어떻게 오셨는지 할아버지 함자가

시인이셨습니까 아 예

유품이라고는 없어 있다면

아버지가 시인의 손자가

방석을 내민다 어머니는

예순다섯 파출부 가시고

저는 밤일을 아홉시에 나가

새벽에 새벽이 마구 되돌아서서

할아버지가 시인이셨는데

학생동맹 일로 옥살이도 하시고

빈 줄 알고 집을 당기니 세게

잡아 나쁜 일이 아니니

하늘 계단 이층집 155번지

걱정 마시고 나쁠 일이

자주자꾸 생길 것 같은

작품 그런 게 있나요 더

찾고 있지만 차가운 마루
바닥이 아 예 할아버지는
산에 공동묘지에 계시는데
아버지가 말씀 안 하셔서
이름 없는 교사로 함양 김해로
시인은 어느 별나라 가 사는지
시인의 손자가 할아버지였다


　　밤이면 밤새도록 얼인 것들을 껴안고 달내며
　　낮이면 낮 일터에서 헤매는 이내 몸에는
　　다시금 무슨 빛이 있으랴 희망이 있으랴
　　가난을 없앨 일을 계속하며 얼인이나 길우자*


칠십 년도 더 지난 옛
병약한 아내를 울었던 시인
며느리가 차렸을 밥상이


* 김병호, 「안해의 영전에」, 『전선(全線)』 1집, 적벽사, 1933.

밥상보에 덮여 가파른

별나라 골목길

관처럼 떠 있다.

## 시인의 손
— 김종길 님


안동도 지례 지촌 골짝이

고향이라 해 찾아갔다가

물 밑 마을을 떠메고 나오는 시인을 본다

얼금얼금 산은 구름을 엮고

구름은 다시 밑으로 아래로 산을 밀어 내려서

풍산은 멀리 서쪽이렷다

외삼촌 이병각 시인과 나들었다던 영양은 어느 쪽일까

붉은 옥수수 꽃숭어리 위로 날비 내리고

시인이 가리키는

하늘에 흰 눈썹

솔개 한 마리

물속 장독대엔

푸른 살모사.

# 또 한 잔

사랑도 안 되예 슬픔도 안 되예

막걸리도 더는 안 되예 헤어지는 일도

인자부터 안 되예 속옷 던진 방구석처럼

소란스럽던 관계도 인자 안 해예

천마산 봉우리 낯 붉힌 아침

아미산 골짜기 해 떨어진 저녁

인자는 안 되예 갯바람 치는 함바식당

식어가는 접시 위 구이 돼지처럼

밥상에서 밥상으로 뛰다 당신은 저물었지만

오래 손대지 않은 통장 갈피마냥

골목에 골목은 바람개빈 듯 촘촘히 도는데

인자부터는 안 되예 감국

노랗게 얼굴 찧고 웃는 쓰레기 더미

뱅어 뱃가죽 길바닥에 햇살 퍼득이네

반짝이네 회나무 이파리 저들끼리 설레네

안 되예 거기부터는 참말 안 되예

빈집 마당 들이치는 대 대바람처럼

불쑥 팬티 속 들어서던 당신 손

안 되예 감천 산번지 빛빛깔 지붕 위로

털게 구름 휘청 가파른 하늘 오르다 서고

철책 잡고 마음 후둘둘

둘둘 걷다 내리다 서고.

# 어머니의 잠

이제는 미음도 줄이시면서
질퍽거리는 길 혼자 가신다
어둠 속에서도 바람 제 숲 가지 찾아 내리듯
숨길 고르시며 길바닥 소금도 뿌리시며

머리 한쪽을 비우고 살아도
해거리로 바뀌는 세상인심은 아시는지
맏이 집에서 둘째 집으로 다시
노인병원으로 노란 링거병 옮기셨다

안경도 둘이면 더 환한 걸까
돋보기 졸보기 틈새로 자란 손자들
스무 해 동안 어떤 울음도 만들지 않으셨다
고개 숙인 매발톱 자줏빛 꽃대궁

아침저녁 창문으로 날아드는
구름 깃발을 펄럭이며 아들 셋 딸 하나
어머니 노년은 띄엄띄엄 위험했다 방구석

나날은 부챗살처럼 펴졌다 접히고

안으로만 졸아들면 눈물도 더욱
무겁다 자욱한 숨 몰아쉬며 현풍으로 대구로
낙동강 높은음자리로 어머니
친정 마을 불빛을 밟으시는가

그래도 싹 틔울 그리움 있으신 게다
지척의 살별들 손으로 물리며 멀리
돌아보신다 누에 몸 부풀린 어머니
이제는 미움도 줄이시면서.

# 성묘

할아버지 곁
할머니 백일홍은 둥실 올해도 만선이다
이웃인 오엽송보다 굴참나무보다
팔을 멀리 벋었다

할아버지 눕고 할머니 심으신 지 마흔 해
할머니 옆까지 건너온 걸음을 아버지가 옮기셨는데
땅벌은 묏등에다 방을 늘리고
새끼를 키워 웅웅 사나운 저잣거리

불에 씻은 하얀 몸으로
삼도내 건너설 생각이셨으나
이승 인연이 무거웠던 게다
세상 나들이가 기쁨이셨던 할머니

이제는 예비군 사격장에서
총소리 떼떼 풀무치처럼 날아오는 무덤

꼭뒤까지 깎은 뒤

막걸리 한잔 올리면

할아버지 할머니 극락 경계 넘어오셨는지

백일홍 꽃배가 휘청 휘청거린다.

# 두 딸을 앞세우고
— 표문태 님


살아 한 번도
집을 지니지 못한 일이
무슨 자랑이라는 눈빛이시지만
일찍부터 너른 마당에 고방에
그대 한 커다란 집이었느니


밀양 사람 다 알지 밀양 땅 좁아
밀양강 줄기는 다시 한 번
용두목에서 꺾였던 것을
밀양강 없이 살아온 그대
밀양이 언제 기억했던가 그래


그대마저 그대를 기억했던가
세월 흘렀다고
시절 흘렀다고
이제는 늙어 희어 고요히 입 다무시나


먼 산 돌길 단풍단풍 구르는 날

두 딸을 앞세우고

찬찬히 찬찬 걷는 그대 뒤 따르면

영남루 대바람 소리

가슴을 친다.

# 소껍데기회

소는 죽어 가죽만 남기는 게 아니다
소껍데기회 남긴다 청도 풍각장

초등학교 들목 신라 적 돌탑이
잠자리 눌러주는지 낯빛 점잖은 사람들

소시장은 두 십 년 사이 그치고
장거리 오가는 손살림 자주 줄어서

소껍데기처럼 눅눅한 길 뒤우뚱
소껍데기회 자신 어른은 소걸음이다

소가 죽어서도 타 내릴 이승인 양
멀리 가까이 만발한 화악산 푸름

뺨치 박덩이 한두 알
지붕에 앉힌 까닭은 무엇인가

어능화 붉은 꽃타래 능청

능청 담장에 늘인 까닭은 또 무엇인가.

# 다람재 넘으며

둑 너머 버드나무
물길도 이웃 인사 서로 새로 나누고
저는 흙두더지 바람을 파먹어
모를 리 없습니다 다람재 벼랑에 서서
낙동강 물돌이가 권하는 자리
배롱꽃도 봄 도동서원 배롱꽃만 한 곳을 보셨다면
기별 주시기 바랍니다 혼자
떠도는 걸음이라 더할 말은 없고
구름 밑둥까지 날다람쥐
숱해 눌러산다나요.

# 청사포 이별

모래는 훌쩍

파도는 털썩


속을 비운 장어통발이 삐뚤삐뚤 굴러다닌다

부탄가스의 여름

맵다고동 맵다 맵다

작은 주둥이 빨며 혼자 걷는다


햇살은 떠들고

접시꽃은 울먹


불쑥 무인등대가 쥐었다 놓아주는

먼 갈매기 떼.

4부

# 우포 기별

달이 넘어오는 길과
해가 넘어가는 길이 서로 달라서
곰곰 솟았다 가는
자라 한 마리

한낮 네시
서쪽 연꽃 정류장에서
아우와 만날 약속이 있는가 보다.

# 문산 지나며
― 이지은에게


진주라 천 리 진주

노래를 들려준 아이가 있다

구… 름… 느리고 무거운 이름이다

겨울 폐교 빈 철봉

마른 허파꽈리 부풀리며

조용히 종이풍선 접던 아이

버드나무 한길로 햇살은 발을 치고

그 아이 걷는다

곤두기침한다

슬픔에도 앞뒤가 있는지

그 아이

열두 줄 가야금 모양 물줄기를 쥔다

남강이라 했다.

# 다대포

여섯 층 산호대중탕에서 뛰어내린 바다는
알몸이다

주차장 폐타이어 울 너머
실장어 닮은 여자 둘이 걸어간다
내 노래 사십 년 노래 이미자 흥얼거리며
낮은 키 멀리 낮추며

하늘에는 가재걸음
방석구름이 하나둘
뭉클뭉클 밀려오는 파도

가슴금처럼 처진
가을 모래톱.

# 겨울 정선

생강나무는 노란 생강도 없이
여원 가지만 툭툭 밀어냅니다
석회암 뻥대 회양목은 불긋 달아올랐습니다
이상한 일도 일 나름입니다
금깨비 은깨비가 아이들을
동굴로 데려갔다 어디론가 되돌려놓고
몰운대 소나무는 여름 벼락을 받았습니다
굵은 곤드레밥으로 취한 어른이
왼발에 왼손 오른발에 오른손 어릿어릿
길짐승 되어 오내리던 비탈밭 옛집 자리는
벌써 구름 풀시렁을 얹었습니다
두 억 년 옛날에는 죄 바다 밑이었다며
밤마다 땅속으로 아가미를 여는 자작나무
카시오페이아 별자리가 왁자거려도
오줌장군 아래서 눈 녹인 물로 우슬초는
수염뿌리 제대로 다듬을 생각입니다
바다 위에 세운 강마을이라 돌거북이
아홉 마리를 몰래 묻어 키우는 고을

거북이 울음소리 더듬는

두물머리 아우라지부터 읍내까지

허리 아래로 물길을 밀어 내리며

동강은 빠르고 바쁘지만

읍내 시장 안골목에서는

사랑을 메밀전 굽듯 잘 뒤집는

이모들이 아직 꽃잠입니다.

# 목포는 항구다

목포는 항구다

안개 항구다

묵은 갈젓 안개

목포에서는 모든 길이 안개다

신안 앞바다서 건져낸

밑바닥 홀렁 가버린 옛 배의 고물

김현 흉상 목덜미서 피는 안개

박화성의 손거울이 밝히는 목포문화원 2층

낡은 안개 계단이 삐걱거린다

어디로 갈까 목포에서는

안개에도 신호등이 있다

멈춤 고요히 멈춤이라고

내 그리움은 어디서 멈추었던가

유달산이 씹는 아귀아귀 안개

무적은 뱃속에서 운다

목포는 항구다

안개 여자다

아랫도리 무거운 목포 누이는

새벽 피로를 붉은 장미인 듯 꽂고

안개 건널목 혼자 건넌다.

# 순천만

걸을수록 먼 길
서쪽 길

기럭기럭 기러기 노래 속 기러기는 없어도
오리탕집 바람개비와 유람선이 한 척
허리를 가라앉힌 대대포

꿈이야 다
뚱뚱하지

세상은 일곱 빛깔로도 겨운 파도밭이라서
누군가 기진개* 한 무더기
저녁 하늘로 뿌린다.

* 칠면초(七面草).

108

# 저세상에 당신에게

저세상에 아름다운 꽃밭에 편히 계시는 줄 알고 잇습니다 우리가 스무 살에 만나서 좋은 일도 만앗지요 그러다가 내가 잇달아 딸을 만이 나아도 당신은 한 번도 내게 성을 내지 않고 언제나 이 나를 위로하고 아껴 주섯습니다 밥이랑 미역국 잘 먹으라고 늘 시켯습니다 내가 딸을 놓고 또 딸을 놓고 잇달아서 딸 놓아도 말 한마디 없어시고 기분 나뿐 소리 한 번도 하지 안 하고 좋은 말로 위로해 주시던 당신이엇습니다 그러다가 아들을 놓앗지만 장가도 보내기 전에 당신은 저세상으로 먼저 가시서 얼마나 서러웠는지 모른답니다 나는 오래 살아 아들 장가보내고 살다 보니 좋은 일도 만이 보고 자식 효도도 받고 있는데 당신이 생각날 때마다 눈물이 앞을 가립니다 언젠가 나도 당신 옆에 갈 때 이승에서 아이들 잘 키우고 왓다고 자랑 자랑할 것입니다

2003년 1월 22일 밤 아내 박악이가.

# 대보름

1

고구마 줄거리에 아주까리 잎이 이웃해 좋고
거위 오리 한낮을 목에 걸어라

오곡은 아니라도 차조 동부는 갖춰야지
대목장 나물장 나는 돌래

남새밭 고랑 강새이마냥
뱅우뱅뱅 뱅우뱅뱅 나는 돌래.

2
달도 신을 신는다
달신

아버지 어머니 저 신 신고
천리만리 가시겠다.

# 여름

서천 감천 대천
내 많은 곳에 와 바다만 보네
손그늘 한 구름 밑
나갔다 오는 배는 짧은 속속곳
자갈자갈 쿵쿵 자갈지게 웃네

이 길 가면 웅천
저 길 가면 무창포
장독 깨듯 한 소리
파도에 튼 살 둑길을 따라
기신기신 게걸음 좋네

보령 보렴
보령 보렴
바람 선선타.

# 옥비의 달

땅콩밭 푸르러
땅콩잎 고랑은 낙동강을 건너선다
물길이 감돌아 나가며 불러 앉힌 기슭은
푸른빛 더 푸르게 당기고

서서 웃는다 옥비
여름 묏줄기들이 한 차례
키를 낮추는 늦은 한낮
세상 여느 달보다 먼저 뜬 달

1904년 음 4월 4일에 난 시인이
1941년 서른일곱 때 낳은 고명딸
1944년 네 살 적 아버지
북경 감옥으로 여읜 아이

열일곱 번에 걸친 투옥과
고문이 짓이기고 간 이육사
곤고한 몸 맘을 끌고 요양 아닌

요양을 떠돌 수밖에 없었을 것인데


육사 가고 난 원천

탄신 백 주년 오늘 문학관이 서고

집안 어른에 묻혀 네 살 옥비 걷는다 울며

예순네 살 옥비 웃는다


어디 사시느냐 물었더니

일본 신사

어떤 팽팽한 인연이 놓치듯 옥비를

아버지 죽음으로 몬 나라에 머물게 했을까


형제 여섯 가운데

일찍 옥사한 육사에

둘은 광복기 월북하고 한 분은

경인전쟁 때 소식이 불탄 집안의 딸


독도 너머 동해

겨울엔 눈이 눈물처럼 쑥쑥 빠지는 항구
치렁출렁 아버지의 무게를 옥비는
어떻게 이며 지며 왔던 것일까

달 뜬다 달이 뜬다
달 속을 울며 걷는 아이가 있다
기름질 옥沃 아닐 비非
간디같이 욕심 없는 사람 되라셨던 아버지

아버지 여읜 네 살 옥비
세상 여느 달보다 환한 낮달
일흔을 넘겨다보는 한 여자가
동쪽 능선 위에 고요히 떠 있다.

# 이별

산산이 하늘 따로 높고
골골이 물길 따로 멀듯

사랑이여 우리
그렇게 헤어지자

바깥으로만 닳는 뒷굽과
기우뚱거리는 그리움

아픈 어금니를 혀로 달래듯
나는 그대 밀어낸다.

# 비둘기 눈물

목련 지고 산수유 가고

벚꽃 부푼 출근길 새벽 교정

옮겨다 놓은 큰돌무덤 아래 빈 맥주병에

가만히 선 한 마리 검은 봉투를 본다

다가서자 날아오르려다 툭

회중시계처럼 떨어진다

다시 가니 그냥 섰다

풀어주자 화들짝 손을 차고 날아간다

어제저녁 누군가 놀며

비둘기에게 흩다 둔 쌀 봉투

거기에 머리를 박았던가 보다

얼마 동안 서 있었을까

쌀 몇 톨을 얻으려다 허겁지겁 삶이 처박혔다

날지도 앉지도 못한 채 마음만

이승 끝까지 오갔던 게다

나는 비닐 용수를 찢어

속에 든 쌀을 흩는다

촉촉하다 이슬을 받은 것일까

아니면 비둘기도

사람처럼 울 줄 아는가 보다.

# 비 내리는 품천역

올랐다 내렸다
나리타 공항에 내린 뒤
날 갠 품천역에서
「비 내리는 품천역」*을 생각한다

부산포 벗어나자 잘라 던진 머리 단처럼
대한해협 물빛은 어두웠고
곳곳에 박혀 우는 동경 까마귀는
어디서나 밟히는 한국인 일꾼 같았을 터인데

생각도 말도 다른 사람이 몰려다니는
품천역에 자주 비가 나리는지
달은 커다란 광고판으로 들어
저녁을 기다린다

허풍쟁이 임화가 걸어가고

* 중야중치(中野重治)의 시.

곁을 조곤조곤 걷는 권환의 기침 소리

여러 해 막일로 어깨뼈 휜 이주홍이

더 흰 가방을 메고 마주 오는데


협죽도 꽃잎은

남의 나라에서도 붉어서

거리의 여자마냥 나를

절집 담장으로 자빠뜨린다.

# 곤달걀

둥근 알이 알답듯

오가는 사람 발소리 둥글게 엿들으며

곤달걀은 고요하다 가게는

쪼그려 앉을 나무 의자 다섯

한때는 유정란으로 환한 횃대 구름 꿈꾸었으나

지금은 무정란보다 못해 약한 불 솥 안에 익어 쌓였다

안 생긴 것은 한 주일에 노른조시 흰조시 입술을 섞었고

생긴 것은 세 주일에 날개털 발톱이 잿빛 벌거숭이

여주인은 가끔 물기를 끼었으며 몸을 굽힌다

논둑을 절뚝이며 가는 중닭 시늉이다

지게다리 무겁게 오는 오리 시늉이다

삼십 년 곤달걀팔이 외길이었다

앉았다 가는 이도 그렇다 신끈에서부터

허기를 묻힌 이가 소금간을 보듯

허리를 굽히고 앉아 곤달걀을 깐다

곤달걀 닮은 이가 곤달걀 씹는다

안 생긴 것은 천 원에 여덟 개 생긴 것은 네 개

곤달걀은 헤엄치듯 배를 내밀며

따뜻한 물속 해바라기라도 즐기는 것일까

어릴 적부터 들어설 문 보이지 않는 달걀이 좋았다

오로지 깨져야 벗을 수 있었던

그 슬픔을 나는 짐작한다 울기 앞서

조각조각 여민 웃음

대전역으로 가는 시장길 끝에는

남루를 안친 곤달걀 가게가 존다.

# 여우비

삼성주단 상흥주단 마주선 거리

빛빛깔 치마저고리 창 그림자 밟고 순옥 씨 논다

스물다섯이나 아래 그녀를 막내로 둔 칠순 언니는

들깨가루 푸진 순댓국을 끓인다

언니를 품고 순옥 씨까지 거둔 형부를 보고 싶다

셋이 오내린다는 갑천을 뛰고 싶다

막걸리 한 통에 순댓국으로 앉은 할머니순대 나무 의자엔

순옥 씨 재롱이 안주로 더한다

지난달 갈비뼈에 차바퀴 자국까지 새겼던 순옥 씨

대전도 중앙시장 떠다니는 풍선머리 마흔여섯 살 처녀

한번 주머니에 든 돈 내놓지 않는단 소문은 거짓부렁

오늘은 계룡산 어느 헛간에서 호랑이가 장가라도 가는지

그녀 사 준 요구르트를 얻어 마시곤

하늘이 먼저 입을 닦고 일어선다.

# 쿠쿠

그 밥통 어디서 고쳤습니꺼 밥통

위쪽 8번 입구로 나가면……

거기서는 쿠쿠만 고칩니더 쿠쿠

곁에 할메가 방금 앉은 맞은쪽 아지메에게 묻는다

낡고 누런 보자기 밥통

지하철이 서자 쿠쿠 왼쪽으로 쏠린다

배 밖으로 나앉은 슬픔 같다

퇴근길 지하철은 기웃거리지도 않고 달리는데

쿠쿠를 내려다보며

밥 짐을 뿜는 두 사람

어디서 고장 난 밥통처럼 식어왔더란 말인가

어느 사랑 어느 발밑에서 마구 다쳤더란 말인가

쿠쿠 쿠쿠 누구 것이나

밥통은 다 쓸쓸하다.

# 마른번개

웃자란 쑥대와 눈인사하고
당집 금빛 금줄로 마음 감발하고서
홀로 옥천사 찾는다

멀리 화왕산 불길 치미
그 아래 이마 지진 돌부처도 웃으시겠다
걸어도 걸어도 고요한 저승
혼자 되돌아와 기진했는가

탑돌 둘 우물터 하나

엄마
엄마
울며 다시 머리 깎는 아홉 살 신돈

돌복숭 여윈 가지로
하늘 때린다.

해설

# 굴불굴불, 생의 공간과 시간과 언어의 결

장철환 / 문학평론가

*"이리하여 언어는 열림과 닫힘의 변증법을 자체 내부에 지니고 있는 것이다. 뜻으로서 그것은 가두고, 시적 표현으로서 열린다."* [*]

## 1. 공간의 언어와 언어의 공간

어떻게 열리게 되는 것일까? 시적 표현은 어떻게 언어의 문을 개방하여 굳게 닫힌 의미의 세계를 펼쳐놓는 것일까? 시인만 아는 주문呪文이 있어, 그는 매번 은밀히 언어의 내부로 드나드는 것인가? 이런 식의 가정은 친숙하고 오래된 것이나 위험한 것이기도 하다. 시인이 언어 내부를 열고 닫는 데 능통한 자라는 것은 분명하다. 그러나 그런 능통함이 선천적으로 주어질 수는 없다. 왜냐

[*] 가스통 바슐라르, 『공간의 시학』, 곽광수 역, 민음사, 1990, 388쪽.

하면 언어를 개방하는 열쇠는 결코 선천적으로 주어지는 법이 없기 때문이다. 이는 역으로 시인이 언어 내부를 개방하는 방법을 터득하기 위해서 각고의 노력을 기울어야 한다는 것을 보여준다. 하나의 언어 공간을 개방하기 위해 시인이 기울이는 노력은 가히 절차탁마切磋琢磨라 할 만하다. 언어를 끊고 닦고 쪼고 가는 분투 속에서야 비로소 시적 표현이 탄생한다.

박태일의 시는 더욱 그렇다. 그는 "문학공간이란 마침내 집짓기와 다를 바 없는 세계구축적 경험의 결과라는 사실"* 을 누구보다도 잘 아는 시인이다. 만약 시적 공간을 구축하는 일이 '집짓기와 다를 바 없는' 것이라면, 시적 구조물은 우리의 경험이 배태되는 두 가지 한계를 극복해야 한다. 하나는 공간의 차원에서 중력의 힘이고, 다른 하나는 시간의 차원에서 죽음의 힘이다. 전자는 공간 속의 시의 배치와 시 속의 공간의 배치, 그리하여 공간 속의 공간의 배치를 구속한다. 그가 다양한 생의 공간을 주유하면서 공간의 질서를 탐색하는 것은, 바로 이러한 중력의 한계를 극복하기 위함

---

* 박태일, 『한국 근대시의 공간과 장소』, 소명출판, 1999, 28쪽.

이다. 후자는 소리의 연속과 시적 표현의 흐름, 즉 시적 언어의 운동을 구속한다. 그가 다양한 시적 형식을 통해 언어의 결texture을 조직하는 데 온 힘을 기울이는 것은, 시적 리듬을 통해 죽음의 한계에 대응하기 위함이다. 모름지기 시의 건축은 무너지려는 힘과 소멸하려는 힘을 견뎌내야 하는 것이다. 박태일의 여섯 번째 시집은 이를 예증한다.


## 2. 욕지 목욕탕에서 구름 목욕하기

우선 사물의 공간이 있다. 공간은 대상화되고 규격화된 공간이 아니다. 원근법에 의해 표현된 공간은 사물 고유의 공간을 담아내지 못한다. 사물에는 자기의 무게로 다른 사물을 끌어당기는 힘이 있기에, 그것이 점유하는 공간은 중력의 상호작용에 의해 요동칠 수밖에 없다. 하물며 그곳이 생의 공간이라면 더 말할 나위도 없다. 생의 공간에는 시적 주체라는 강력한 중심이 있어 사물들을 결속하고 배치하기 때문이다. 시의 공간은 바로 이 생의 공간과 동무하여 왔다. 사물의 공간은 시적 주체의 고유한 생의 무게로 인해 시의 공간

속으로 내재화되는 것이다.


동묘에는 안개가 산다

서울서 가장 짙은 안개

긴 안개

동묘에는 동무도 없이

나온 안개가 골목을 돈다

주인 물러간 집 허물어진 벽 사이로

감자 고랑처럼 내려앉은 안개 가게

등 꺾은 군화에 낡은 전화기

언젠가 월남에서 건너왔을 물소 뼈도 물 발자욱 소리를 낸다

동묘에는 몽골 어디서 왔는지

자매가 게를게를 말 안개를 피우며 간다

관우를 닮은 사오정을 닮은 이웃나라 안개도 있다

겉장 속장 젖은 안개

시침 분침 포개 멈춘 안개

그리운 이름 고향 다 묻은 안개가

골목 끝까지 희읍하다

서울 동묘에는

안개 아닌 것이

안개 흉내를 낸다

몇 해씩 머물렀지만

가슴에 등에 지번을 달지 못한 안개

종종걸음으로 몰려들었다

막 지는 저녁을 따라

서울 바깥으로 짐을 싼다.

—「동묘 저녁」전문

　　동묘東廟는 누구의 묘인가? 동묘는 관우의 사당
이다. 여기에는 임진왜란과 사대주의라는 아픈
역사가 고스란히 배어 있다. 이 시는 이러한 역사
적 사실을 배경으로 한다. 그러나 이 시의 묘미는
역사의 장소로서 동묘가 현재 시점에서 어떻게 생
의 공간으로 굴절되는지를 보여주는 데 있다. "동
묘에는 안개가 산다"는 첫 행은 이곳의 거주민이
관우가 아니라 '안개'임을 명시적으로 보여준다.
이때 관우는 "관우를 닮은 사오정을 닮은 이웃나
라 안개도 있다"에서 보듯 '안개'의 일부일 뿐이
다. 따라서 '동묘'는 관우의 사당이라는 공간 너머
또 다른 공간, 즉 생의 공간을 지시한다. '안개'가
동묘에서 나와 삶의 현장인 풍물시장의 골목을 도
는 것은 이 때문이다. 이렇게 말할 수 있다, '동묘'
는 그의 시에서 '중력렌즈 현상'이 개시되는 생의
공간이라고.
　　'동묘'의 실거주민이 '안개'로 설정된 것은 그들

이 불투명한 정체성("희읍하다")을 지니기 때문이다. '안개'는 일차적으로 월남, 몽골, 중국 등지에서 이주해 온 자들("그리운 이름 고향 다 묻은 안개")과 중심부에서 밀려난 자들("안개 아닌 것")로 구성된다. "가슴에 등에 지번을 달지 못한 안개"는 이들의 삶이 불안하고 위태로운 것임을 암시한다. 그들의 생은 "종종걸음으로 몰려들었다"가 "막 지는 저녁을 따라" 흘러가는 유랑과 이주의 반복으로 구성된다.

생의 공간과 이주의 삶. 이는 박태일 시인이 지속적으로 탐구해온 주제이다. 첫 번째 시집 『그리운 주막』(문학과지성사, 1984)에서부터 다섯 번째 시집 『달래는 몽골 말로 바다』(문학동네, 2013)에 이르기까지, 그는 줄기차게 생의 공간의 좌표와 이주하는 삶의 의미를 탐색해왔다. 등단작 「미성년의 강」을 보라. 시집 어디를 보아도 좋으나, 등단작은 '안개'가 "아름다운 깊이로 출렁이면서" 흐르는 생의 강임을 명시적으로 보여준다. 이번 시집도 예외는 아니어서, 전체 65편 가운데 많은 시편들이 생의 공간에 내재한 원리를 성찰하고 있다. 여기서 공간의 세목을 정리하고 분별할 필요는 없을 듯하다. 중요한 것은 시적 주체가 생의

공간을 어떻게 재구성하고 있느냐를 가늠하는 것
이다.

일찍이 황동규는 이를 "삶의 장소 길들임"*으로
규정한 바 있다. 여기서 '길들임'이란 "숨음과 표
면 부상이 동시에 일어나는 상태"를 일컫는다. 이
는 바슐라르가 말한 시적 공간의 '열림과 닫힘의
변증법'과 동궤를 이룬다. "삶의 장소 길들임"은
박태일 시의 중심부를 관통하는 적확한 표현이
다. 생의 공간을 구축하는 원리가 시적 주체의 '숨
음과 부상'이라는 이원적 원리로 구성됨을 보여주
기 때문이다. 「동묘 저녁」의 '안개'는 이 이중의 상
태를 그대로 예시한다. 마치 안개 속 사물처럼, 우
리의 생은 '삶의 장소'에서 잠기고 떠오르기를 반
복하는 것이다. 그러니 생의 공간을 특정 지역과
장소로 한정할 필요는 없을 듯하다. 하나의 섬, 아
니 섬 한편의 목욕탕이라도 상관없는 일이다. 그
곳이 생의 무게로 부침하는 시적 공간이기만 하다
면 말이다.

---

* 황동규, 「시의 뿌리」, 『그리운 주막』, 문학과지성사, 1984(1994), 112쪽.

욕지에서
목욕을 한다
줄비 내리는 아침
목욕탕에 손은 없고
주의보 맵게 내렸다는 앞바다
방학이라 뭍으로 나간
주인집 방에서 여러 날 쓴
주인의 면도날을 빌리면서
하루 내내 비 올 일 걱정했는데
우체국 골목 뒤 목욕탕
더운 물 차운 물 오간 뒤
욕지 목욕탕 나서면
연속극 엄마의 노래
마지막은 어느 아침일까
젊은 안주인은 다시
배를 깔아 티브이 채널을 웃고
뱃길로 한 시간 먼저 온 통영배가
욕지배를 기다리는 선창
당산나무 당집도 먼 등성인데
떨기째 지는 능소화
붉은 길로 혼자
오른다 욕지
구름 목
욕탕

—「욕지 목욕탕」 전문

이 시는 풍랑주의보 때문에 욕지도欲知島에 갇힌 경험담을 그리고 있다. 욕지도라는 이름의 유래는 여러 가지일 테지만, 시적 맥락 속에서 그것이 갇힌 자의 '알고자 하는 욕구'를 환기시키는 것은 분명해 보인다. 당연하게도 섬에 갇힌 자가 가장 알고 싶어 하는 것은 바다의 날씨이다. 좋은 날씨는 섬에서 뭍으로의 탈주를 가능케 하기 때문이다. "하루 내내 비 올 일 걱정했는데"는 이를 보여준다. 그런데 재밌는 것은 궂은 날씨로 인해 생긴 잉여 시간을 소비하는 시적 주체의 행적이다. 다름 아닌 목욕. 목욕은 무료함을 달래려는, 혹은 초조함을 떨치려는 의도에서 비롯한다. 그러면 목욕 후에 무료와 초조는 위무慰撫되었는가? 굳이 부재중인 "주인의 면도날을 빌리면서"까지 목욕하고 난 이후의 행적은 그렇지 않음을 암시한다. 어째서 그런가?

그 이유는 "마지막은 어느 아침일까"에서 찾을 수 있다. 이 구절은 바다의 날씨에 대한 근심이 '생의 날씨'에 대한 의문으로 대체되었음을 보여준다. "더운 물 차운 물 오간 뒤" 떠오른 것은 생의 가라앉음과 떠오름에 대한 의문인 것이다. 다시 말해 섬과 뭍의 공간적 경계가 의식의 표면에서 사라지고, 생의 침잠과 부상이라는 새로운 경계가 떠오른 것이다. 처음의 것이 수평적 차원에서 섬과 뭍 사이에 가로놓인 두 힘에 대한 질문이라면, 나중의 것은 수직적 차원에서 생의 공간 속 시적 주체를 사로잡는 근본적 두 힘, 곧 중력과 부력에 대한 질문이다. 중력이 생의 무게만큼 시적 주체를 잠기게 한다면, 부력은 그와 반대로 주체를 들어 올린다. 여기서 양자의 힘은 같다. 그러므로 목욕은 섬에서 또 다른 섬을 띄우는 일이 되고, "숨음과 표면 부상이 동시에 일어나는 상태"를 체험하는 일이 된다. '욕지 목욕탕'은 우리의 생이 중력과 부력이라는 두 힘의 길항에 의해 형성된다는 것을 깨닫는 생의 공간이다.

그러니까 '욕지 목욕탕'은 아르키메데스의 목욕탕인 셈이다. 그러나 그가 욕지에서 알아낸 것, 곧 유레카eureka는 해답이 아니라 새로운 질문이었다. "마지막은 어느 아침일까"는 궁극적으로 생의 '마지막 어느 아침'인 죽음을 호출한다. 여기서 "욕지배를 기다리는 선창"은 새로운 의미를 획득한다. '욕지배'는 일차적으로 '젊은 안주인의 배'와의 관계 속에서 하나의 공간이 시적 주체를 잡아당기는 힘과 밀어내는 힘의 상호작용 속에 있음을 뜻한다. 그러나 시의 마지막 네 행은, '욕지배'가 "구름 목/욕탕"과의 관계 속에서 시적 주체라는 또 다른 섬에 작용하는 중력과 부력이라는 두 힘의 길항관계 속에 있음을 보여준다. 여기서 부력은 상승과 초월에의 의지라기보다는 생의 무게에 대한 반발력에 가깝다. 따라서 '구름 목욕탕'은 선계仙界의 목욕탕이 아니라, '욕지 목욕탕'의 다른 판본이다. 이것은 '구름 목욕탕'으로 오르는 길이 천상의 계단이 아니라, "당산나무 당집"과 "떨기째 지는 능소화"가 놓인 길인 이유를 설명한다. 즉 그 길은 중력의 중심부에 놓은 '마지막 어느 아침'에 이르는 하강하는 계단이다. (위의 시에서 마지막 계단은 아직 놓이지 않았다.)

특정 장소에 '배를 깔고 눕는 일'이 근본적인 해결책이 될 수 없는 이유가 이와 같다. 동묘의 '안개'가 욕지의 선창가에 피어오르듯, '구름 목욕탕'에도 욕지의 '안개'가 피어오를 것이기에. 아니 구름 자체가 안개이지 않은가. 그러니 '안개'는 몽골이라는 이역에서도 피어오를 것이다. 이는 시적 주체의 생의 무게가 제 고유의 방식으로 무수한 생의 공간들을 '마지막 어느 아침'으로 재구성하기 때문에 생기는 일이다. 물론 몽골은 '다른 아침, 다른 하늘'을 갖는 특수한 공간임에 틀림없다. 확실히 "삶은 되새김질 할 수 없는 일"*이다. 그러나 그가 몽골에서 보낸 네 계절이 '삶의 장소 길들임'을 위해 "자신과 대면하는 자성의 시간"**이었다면, 이는 그가 여전히 몽골의 "붉은 길로 혼자/오른다"는 사실을 보여준다. 『달래는 몽골 말로 바다』의 「자서」, "잘 가거라/다시는 다른 아침, 다른 하늘을 그리워하지 않으리라"는 이를 예증한다. 이것은 그의 귀환이 장소의 회귀이면서, 동시에 생의 공간을 구축하는 두 원리의 회귀라는 사실을 보여준다. "드는 길과 나는 길이 하나"(「고죽을 나서며」)라는 인식.

## 3. '지렁장' 어둠 속에서 '쿠쿠' 하기

강력한 중력은 공간을 휘게 할 뿐만 아니라, 시간마저 끌어당긴다. 이것은 시간이 규칙적이고 절대적인 단위로 측정될 수 없음을 뜻한다. 공간의

---

* 박태일, 「말」, 『달래는 몽골 말로 바다』, 문학동네, 2013, 78쪽.
** 이경수, 「몽골을 살다」, 위의 책, 125쪽.

이동과 시간의 흐름은 분리되지 않는데, 강을 제재로 한 시편들은 이를 잘 보여준다. 특히 '황강' 시편들은 공간의 이동이 시간의 흐름과 잇닿아 있음을 보여주는 동시에 생의 무게가 어떻게 시공간을 늘이고 휘게 하는지를 예시하고 있다. 한마디로 '황강' 연작시는 생의 흐름을 증언하는 수작이라고 할 수 있다. 그 속에는 유려한 시적 표현들이 '굴불굴불' 굽이치고 있다.


옆으로 기는 버릇에 게게 게라 일컫는다지만
길마다 밟은 죄 다 간추리면 한 하늘 엮고도 나머지 셈인데
똥게 털게 없이 게젓 범벅 같던 세월
가로 돌다 모로 돌다 지렁장 어둠에 갇혔던 것을
쉬어 이십 리에 걸어 삼십 리
쉿쉿 구름 속 구름 딛는 소리도 들으며
나 간다 굴불굴불 슬퍼 추억 간다
접시꽃 빨간 한길
환한 소금강.

—「황강 18」 전문


"옆으로 기는 버릇"의 주체는 '황강'이기도 하고

'게'이기도 하고 '시인'이기도 하다. 이들은 모두 생의 횡보橫步를 걷는 존재들이다. 횡보는 규격화되고 정량화된 단위로 측정되지 않는다. 생의 횡보는 더욱 그러하다. 그것을 가늠하기 위해서는 지나온 족적이 중심부에서 얼마나 이격離隔되었는지를 살펴야 한다. 이는 공간의 층위에서 "길마다 밟은 죄"를 돌아보는 일이며, 시간의 층위에서 "게 젓 범벅 같던 세월"을 간추리는 일이기도 하다. 그리하여 '길'과 '세월'은 "지렁장 어둠"이라는 하나의 공간 속으로 수렴된다. "지렁장 어둠에 갇혔던 것"이라는 구절은 생의 시공간이 '조선간장(지렁장)'과 같은 칠흑의 어둠 속에서 곰삭고 있음을 예증한다. 여기서 더 큰 문제는 '지렁장 어둠'이라는 강력한 중력장이 현재와 미래의 시공간에 간섭한다는 사실이다. 이로 인해 시적 주체의 행보는 "나간다 굴불굴불 슬퍼 추억 간다"는 횡보로 이어질 수밖에 없다. "추억 간다"는, 말 그대로 시간과 공간이 하나의 행위로 '범벅'되어 있음을 보여주는 말이다. 이때 슬픔은 '굴불굴불' 흐르는 생의 궤적을 처연하게 만들지만("굴불굴불 슬퍼"), 역설적이게도 생의 행보가 끊이지 않고 계속되는 이유가 되기도 한다("슬퍼 추억 간다"). 이는 슬픔이라는 말

이 지나온 생과 앞으로의 생, 양자에 걸리는 앙장
브망enjambment이기 때문이다.

이렇듯 박태일의 시는 "이별과 유랑과 상실과
죽음의 비극적 사건을 중심으로 형성되는 고독과
슬픔의 세계"*를 애절하게 형상화한다. 이 '슬픔의
세계'가 어떤 '추억'으로 이루어졌는지 들춰보는
것은 허허로운 일이다. 그가 견뎌온 "게젓 범벅 같
은 세월"을 다시 휘저어야 하기 때문인데, 그때 우
리가 대면하는 것은 "사랑을 보내놓고/보낸 나를
내려다본다"(「사랑을 보내놓고」)고 말하는 자의 슬
픔이다. 죽음의 세계와 대면한 자의 먹빛 눈동자
이다.


(가)
하늘로 길품 떠난 그대 찾다가
오늘은 내 걸음
보름달 물가에서
잠을 묻는 기러기.

―「12월」 부분


* 오형엽, 「소리의 음악과 햇살의 광학」, 『풀나라』, 문학과지성사, 2002, 121쪽.

(나)

영락 공원묘지

저승에서 밟을 영원한 낙이란 어떤 것인가


—「처서」 부분




(다)

콩깍지 마냥 좁은 납골함 벽무덤 아래서

아내는 위령기도

조곤 조곤거리고

나는 어제 저녁에 씹다 만 슬픔을

마저 깐다.


—「영락원」 부분




(라)

문득 그가 어디론가 떠났다는 전언

그나 나나 어느새 달뜰 것 없을 예순 골짝인데

무엇이 급해 묵은 부적을 떼듯 스스로 삶에서 내렸는가

(중략)

나는 저승 한 곳을 보며 섰다 이제

이 자리도 가끔 쓸쓸하다.


—「석기시대」 부분

네 편의 시는 모두 죽음을 다루고 있다. (가)에서는 "하늘로 길품 떠난 그대"를, (나)와 (다)는 "영락 공원묘지"에 묻힌 아버지와 어머니를, (라)에서는 "예순 골짝"의 '그'의 죽음을 다루고 있다. 각각의 시편에는 죽은 자에 대한 미련, 죽음의 세계에 대한 의문, 죽음으로 인한 주체의 슬픔, 그리고 궁극적으로 죽음을 바라보는 생의 자리에 대한 번민이 잘 드러나 있다. 이전 시집에서 부재와 죽음에 대한 서정이 드러나지 않은 것은 아니지만, 이번 시집에서 죽음의 세계는 더욱 확산되고 심화되고 있는 것처럼 보인다. 우선 양적으로도 그렇다. 「성모병원 난간에 서서」, 「기러기」, 「저녁달」, 「황강 20」, 「황강 23」, 「별나라」, 「성묘」, 「저세상에 당신에게」, 「대보름」 등의 시를 보라. 이들 시편들은 타자와 합일되어 그들의 한스런 삶과 죽음을 서정화*하려는 시적 주체의 태도를 반영하고 있다. 이러한 태도는, 죽음이 세월의 흐름 중심부에 자리한 블랙홀이자 주유하는 생의 매 순간마다 체험하는 사건이라는 인식에서 비롯한다. 그가 "밤마다 그랑그랑 저승방아가 도는"(「황강

* 하응백, 「너에게 가는 길」, 『약쑥 개쑥』, 문학과지성사, 1995, 108쪽.

19」) 소리를 듣고, 거리에서 "부재중 주인"(「광한루

가는 길」)을 만나는 것도 이 때문이다. 그리고 마침

내 아주 작고 내밀한 공간 속에 웅크린 어떤 죽음

을 목도한다.


둥근 알이 알답듯

오가는 사람 발소리 둥글게 엿들으며

곤달걀은 고요하다 가게는

쪼그려 앉을 나무 의자 다섯

한때는 유정란으로 환한 햇대 구름 꿈꾸었으나

지금은 무정란보다 못해 약한 불 솥 안에 익어 쌓였다

안 생긴 것은 한 주일에 노른조시 흰조시 입술을 섞었고

생긴 것은 세 주일에 날개틸 발톱이 잿빛 벌거숭이

여주인은 가끔 물기를 끼얹으며 몸을 굽힌다

논둑을 절뚝이며 가는 중닭 시늉이다

지게다리 무겁게 오는 오리 시늉이다

삼십 년 곤달걀팔이 외길이었다

앉았다 가는 이도 그렇다 신끈에서부터

허기를 묻힌 이가 소금간을 보듯

허리를 굽히고 앉아 곤달걀을 깐다

곤달걀 닮은 이가 곤달걀 씹는다

안 생긴 것은 천 원에 여덟 개 생긴 것은 네 개

곤달걀은 헤엄치듯 배를 내밀며

따뜻한 물속 해바라기라도 즐기는 것일까

어릴 적부터 들어설 문 보이지 않는 달걀이 좋았다
오로지 깨져야 벗을 수 있었던
그 슬픔을 나는 짐작한다 울기 앞서
조각조각 여민 웃음
대전역으로 가는 시장길 끝에는
남루를 안친 곤달걀 가게가 존다.

— 「곤달걀」 전문


'곤달걀'은 바라보는 자의 기호와 문화에 따라 혐오스럽게 비쳐질 수도 있다. 그러나 중요한 것은 이런 문화적 차이 이면에 내재하는 죽음의 직접적 현시와 그것을 먹는 행위의 의미에 대한 해석이다. 이를 통해 죽음에 대한 주체의 태도를 가늠할 수 있는데, 이 시가 보여주는 것이 바로 죽음의 시간을 생의 공간으로 포섭하려는 주체의 태도이다. 우선 시적 공간은 두 개의 세계로 분할된다. 하나는 '곤달걀' 안의 미시세계이고, 다른 하나는 '곤달걀' 밖의 거시세계이다. 전자는 한때 생의 공간이었으나 이제는 죽음의 시간이 차지한 공간이다. 후자는 현실 속 생의 공간, 곧 "대전역으로 가는 시장길 끝"에 자리한 "곤달걀 가게"이다. 시적 주체는 지극히 먼 이 두 세계를 하나의 지평 속에서 사유하는 길을 터놓고 있다. 그에게 '곤달걀' 밖의 생의 공간과 '곤달걀' 안의 죽음의 시간은 다르지 않다. 이는 여주인의 경우 "논둑을 절뚝이며 가는 중닭 시늉"과 "지게다리 무겁게 오는 오리 시늉"에 의해, 손님의 경우는 "곤달걀 닮은 이"에 의해 암시되고 있다. 결국 곤달걀 속의 '고요'와 생의 '허기' 및 '남루'는 같은 세계인 것이다.

　이러한 인식은 내밀한 공간에서 죽음의 시간을 겪은 자에게서 나올 수 있는 진술이다. 즉 '곪은 슬픔'을 겪은 자의 통찰인 것이다. "오로지 깨져야 벗을 수 있었던/그 슬픔"이라는 구절은 시적 주체가 '곤달걀'과 같은 죽음의 시간을 견뎌왔음을 보여준다. 여기에서부터 죽음의 시간이 "배를 내밀며" 나온다. 이것은 일차적으로 생의 공간 속에 죽음의 시간이 내재하고 있다는 비극적 인식으로 이해된다. 그러나 "울기 앞서/조각조각 여민 웃음"에 보다 유의한다면, 이 구절은 죽음의 시간을 대하는 시적 주체의 내적 변화를 암시한다고 볼 수 있다. 다시 말해 시적 주체는 최종적으로 생의 중심부에 똬리 튼 '곪은 슬픔'을 "조각조각 여민 웃음"으로 받아들이거나 받아들이고자 하는 것이다. 마치 "따뜻한 물속 해바라기라도 즐기는 것"처럼. 이러한 인식 변화는 타인의 고통과 죽음에 대한 「쿠쿠」와 같은 태도를 가능케 만든다.


그 밥통 어디서 고쳤습니꺼 밥통
위쪽 8번 입구로 나가면……
거기서는 쿠쿠만 고칩니더 쿠쿠
곁에 할메가 방금 앉은 맞은쪽 아지메에게 묻는다
낡고 누런 보자기 밥통
지하철이 서자 쿠쿠 왼쪽으로 쏠린다
배 밖으로 나앉은 슬픔 같다
퇴근길 지하철은 기웃거리지도 않고 달리는데
쿠쿠를 내려다보며
밥 짐을 뿜는 두 사람
어디서 고장 난 밥통처럼 식어왔더란 말인가
어느 사랑 어느 발밑에서 마구 다쳤더란 말인가
쿠쿠 쿠쿠 누구 것이나
밥통은 다 쓸쓸하다.


—「쿠쿠」 전문


퍽 재밌는 시다. 이 시가 소박하면서도 의미심장한 것은 "쿠쿠"와 "고장 난 밥통"에 담긴 중의적 표현에 의한 언어유희 때문만은 아니다. "고장 난 밥통"에 대한 '할메'와 '아지메'의 태도에는 "배 밖으로 나앉은 슬픔"에 대한 시적 주체의 태도가 함축되어 있기 때문이다. "지하철이 서자 쿠쿠 왼쪽으로 쏠린다"는 구절은 그녀들의 위태로운 삶을 비유적으로 표현하고 있다. 신산한 삶 속에서 다 식고 상처 입은 그들을 바라보는 시적 주체의 마음은 "밥통은 다 쓸쓸하다"에 고스란히 담겨 있다. 이 얼마나 비극적인 생인가. 늙고 병들고 실패하고 상처 입은 생이라니. 그러나 지하철에서 열심히 "밥 짐을 뿜는 두 사람"이 짓고 있는 것은 "배 밖으로 나앉은 슬픔"만은 아니다. 오히려 그들이 짓는 것은 '쿠쿠'라고 해야 맞을 듯하다. '슬픈 밥통'인 그녀들이 견뎠을 엄청난 생의 압력, 그것을 녹이는 것이 배출되는 '김(짐)'이며, 동병상련 두 연인의 '쿠쿠'이다. '쿠쿠'는 생의 '짐burden'이 배출될 때 터져 나오는 "조각조각 여민 웃음"이다. 짐작컨대, 그 웃음은 시적 주체가 신산한 삶을 견딜 한 끼의 고두밥이 될 것이다.

## 4. 소리의 운동과 언어의 결texture

박태일 시의 시공간을 구축하는 중력과 부력은 '지렁장 어둠'과 '곤달걀' 속 곰삭은 세월의 아픔을 배태한다. 그 아픔이 부재와 죽음에 대한 시적 주체의 태도를 견인하는 한, 시적 행적은 울음과 웃음의 '굴불굴불' 횡보를 그릴 것이다. 이러한 세계 앞에서 우리는 "아픈 어금니를 혀로 달래듯"(「이별」) 아픔을 위무할밖에 다른 도리가 없다. 그렇다면, 그의 '혀'는 시적 공간에서 어떠한 형식과 리듬을 입고 나타날 것인가? 이는 시적 언어가 때로는 직정적 토로로, 또 때로는 엄격한 절제로, 그도 아니면 격정과 냉정의 이중적 병치로 표출될 수밖에 없는 이유에 대한 물음이다.

『가을 악견산』에서 김주연은 시인의 횡보를 '눌어증訥語症'으로 설명한 바 있다. 그는 박태일 시의 형식적 특질에 대해 "이 형식이 불필요한 감정의 누설을 막고, 사물의 객관적 형상을 드러내는 데 유효한 기능을 하고 있음"*을 전제한 뒤, "한쪽에서는 터져나오는데 다른 한쪽에서는 철저하게 입

---

* 김주연, 「농촌시-전원시」, 『가을 악견산』, 문학과지성사, 1989, 113쪽.

을 막는 데에서 나오는 눌어증"으로 파악하고 있
다. 김주연의 평가는 시의 내용과 형식, 시인의 정
조와 시적 표현 사이에서 발생하는 틈과 간극에
대한 언급이다. 이것은 시작의 원리에 대한 일반
론이기에 좀 더 구체화될 필요가 있는 것처럼 보
인다. 다시 말해, 박태일의 시에서 은폐와 표출 사
이의 이중성이 어떻게 시적 언어의 표현으로 나타
나는지를 살필 필요가 있는 것이다. 이를 통해 우
리는 시적 언어가 '의미와 표현의 폐쇄와 개방'이
라는 이중적 병치에 의해 주조되고 있음을 확인할
수 있다.

　우선, 산문시. 이번 시집에서 산문시는 그리 많
지 않다. 「기러기」, 「오륜동」, 「황강 20」, 「을숙
도」, 「저세상에 당신에게」가 있는데, 이 중 「저세
상에 당신에게」는 특별하다.


①저세상에 아름다운 꽃밭에 편히 계시는 줄 알고 잇습니다②우리가
스무 살에 만나서 좋은 일도 만앗지요③-①그러다가 내가 잇달아 딸을
만이 나아도 당신은 한 번도 내게 성을 내지 않고 언제나 이 나를 위로하고
아껴 주섯습니다③-②밥이랑 미역국 잘 먹으라고 늘 시켯습니다④내
가 딸을 놓고 또 딸을 놓고 잇달아서 딸 놓아도 말 한마디 없어시고 기분
나뿐 소리 한 번도 하지 안 하고 좋은 말로 위로해 주시던 당신이엇습니다

⑤ 그러다가 아들을 놓았지만 장가도 보내기 전에 당신은 저세상으로 먼저 가시서 얼마나 서러웠는지 모른답니다 ⑥ 나는 오래 살아 아들 장가보내고 살다 보니 좋은 일도 많이 보고 자식 효도도 받고 있는데 당신이 생각날 때마다 눈물이 앞을 가립니다 ⑦ 언젠가 나도 당신 옆에 갈 때 이승에서 아이들 잘 키우고 왔다고 자랑 자랑할 것입니다

2003년 1월 22일 밤 아내 박악이가.

—「저세상에 당신에게」 전문(번호는 인용자)

이 시가 특별한 것은 초기 산문시, 특히 『가을 악견산』의 「명지 물끝 3」과 「~거리 노래」 연작시와의 변별성 때문이다. 이들 시편들이 대체로 사설조의 형식을 차용하여 44조와 같은 특정 음수율에 의탁하고 있는 데 비해, 「저세상에 당신에게」는 그런 인위적 형식과 율격을 배제하고 있다. 이는 「기러기」, 「오륜동」, 「황강 20」, 「을숙도」도 마찬가지이다. 차라리 이 시는 내간체에 가깝다. 내간체의 근본적 특징은 문자가 음성의 발화 형식을 그대로 차용한다는 데 있다. 그 결과 시적 주체의 정조와 표현 사이의 거리는, "박악이"를 시적 주체의 대리자로 간주해도 무방할 정도로 극히 좁아진다. 내간체에 기반을 둔 시편들이 시적 정조

의 흐름에 따라 구어체의 자연스런 리듬을 취하는 것은 이러한 이유에서이다. 한편, 시적 발화에서 중요한 것 가운데 하나가 호흡과 템포이다. 이 것들은 발화자의 정조와 시의 어조를 표현하는 데 직접적으로 관여한다. 인용한 시에 나타난 안정적이고 자연스런 율독은 화자의 정조와 시의 어조에 적절한 호흡과 템포에서 비롯한다. 특히 문장이 종결되는 지점에서의 호흡 양상은 이 시의 리듬을 지배하는 일차적 요소이다. 문장 유형을 보면, ②의 "만앗지요"를 제외한 나머지가 '-ㅂ니다'라는 격식체 평서형 문장으로 되어 있다. 문장 종결의 유사성은 시의 전체적인 호흡과 템포의 패턴을 안정적으로 만드는데, 그 이유는 다음과 같다.

시의 내용은 크게 네 부분으로 나뉜다. 첫째, 망자에 대한 염려(①). 둘째, 망자에 대한 회상(②~④). 셋째, 화자의 슬픔과 그리움(⑤~⑥). 넷째, 재회에의 기약(⑦). 전체적으로 기-승-전-결의 구조로 되어 있음을 알 수 있다. 셋째 부분(⑤~⑥)은 화자의 정서가 집약적으로 표현된 곳으로, 여기서 시적 화자의 감정은 최고조를 이룬다.("얼마나 서러윗는지 모른답니다", "눈물이 앞을 가립니다") 그러나 이 부분의 문장 종결 유형은 격식체 평서형으로 되어 있다. 이는 경어체를 통해 망자에 대한 그리움과 애도를 표출하려는 의도를 반영한다. 일반적으로 경어체 문장의 초점은 발화자보다는 청자에게 있기 때문에, 발화자 자체의 직접적 노출을 꺼리는 경향이 있다. 즉 격식체 평서형 문장은 화자의 감정 분출을 제어하는 역할을 수행하고 있는 것이다. 이는 제문祭文 형식으로 되어 있는 「황강 20」과의 대조를 통해서도 확인할 수 있다. 「황강 20」에 나타난 문장 종결 유형, 특히 화자의 감정이 고양될 때 나타나는 종결 유형("하겠습니까, 슬퍼 슬퍼라, 살았더니, 원수로다 원수로다, 애고애고 웬일인고, 살아가리, 감으리요")을 살펴보면, 격식체 평서형 문장이 얼마나 주체의 감정 표출을 제약하는지를 가늠할 수 있다.

「저세상에 당신에게」는 '열림과 닫힘의 변증법'이 어떻게 정서 표출과 문장 종결 사이의 괴리로 나타나는지를 잘 보여주는 시다. 그렇다면 현대시의 주류를 형성하는 자유시의 경우는 어떠할 것인가? 이는 「상추론」이 해명하고 있다.

적치마상추 뚝섬적치마상추 조선흑치마상추 청치마상추 먹치마상추
가 중엽쑥갓 치마아욱 곁에 앉았다

　　상추와 상치를 왔다 갔다 하는 사이
　　치마를 입었다 치매를 벗었다 하는 사이
　　입맛이 바뀌고 인심이 달라졌단 뜻인가
　　아 조선흑치마라니 청치마라니 오늘은
　　알타리무가 치마아욱 곁에 쪼그려 앉았다
　　할매약초 중앙종묘사 부전시장 어느 새벽보다 먼저
　　꽃치마 주름치마 짐짓 접은 씨앗 아이들
　　그래서 상추는 앞뒤 모르고 찢어졌던 세월 같고
　　잎잎이 떠내려간 누비질 추억이었던가
　　무심한 무와 상추 사이에서 허전한 상치와 상처 사이에서
　　출근길 시장 골목 글로벌타워 높다란 커다란 상점 위로
　　귓불에 솜털도 가시지 않은 채
　　겉옷 속옷 눈물 뭉텅뭉텅 닦으며
　　마냥 밟힌 구름을 보는 것인데
　　쌈쌈을 밀어 넣다 울컥거리는 네모 밥상
　　저문 마을에 도로도로 놓일 한 끼
　　슬픔을 씹는 것인데

　　적치마상추 뚝섬적치마상추 조선흑치마상추 청치마상추 먹치마상추
가 중엽쑥갓 치마아욱 곁에 앉았다.

　　―「상추론」 전문

이 시는 처음과 끝의 반복에서 보듯 상추의 이름으로 시작해서 그것으로 끝맺고 있다. 여기에 등장한 이름의 공통점은 상추와 치마의 결합에 있다. '치마상추'. 이는 상추의 색과 모양이 치마의 그것과 유사하다는 사실에서 비롯한다. 그러나 「상추론」이 논하는 것은 치마와 상추의 외형적 유사성이 아니다. 양자의 유비관계는 형태적 유사성이 아니라 음성적 유사성에 토대를 두고 있다. 즉 시의 의미의 발생과 전개를 통어하는 것은 '상추'를 구성하는 소리의 운동인 것이다. 이런 의미에서 「상추론」은 '상추'의 음성학 강의이다.

먼저, '상추'는 '상치'를 통해 '치마'를 소환한다. 여기서 '치'는 양자를 매개하는 소리이다. '상추'와 '상치'의 의미적 등가성이 '상치'와 '치마'의 음성적 등가성으로 전이되고 있는 것이다. 다음, '치마'는 '입다/벗다'라는 의미소에 의해 '치매'로 확장된다. '치매'는 소리의 층위에서 '치마'가 모음 'ㅣ'를 입은 것이다. 이때 '치매'의 '-매'는 '할매'의 '-매'와 음성적 등가를 통해 양자를 결합시킨다. 그리고 이는 "씨앗 아이들"과 대조된다. 따라서 '치마→치매→할매'로의 음성적 변주는 "씨앗 아이들"에서 "(상추) 할매"로의 시간의 흐름을 함축

155

한다. 결국 '상추→상치→치마→치매→할매'로
의 소리의 운동은 '상추'가 왜 "앞뒤 모르고 찢어
졌던 세월"인지를 설명해준다. '치마상추'는 '치매
걸린 할매'의 "누비질 추억"인 것이다. 'ㅊ'을 중심
으로 한 소리의 운동이 2연 전반의 의미를 구축하
고 있다.

"무심한 무와 상추 사이에서 허전한 상치와 상
처 사이에서"로 시작하는 2연의 후반부는 또 다른
소리의 운동이 시적 주체의 정조를 규율하고 있음
을 보여준다. 여기서 지배적인 소리의 움직임은
'무심한 무'의 'ㅁ'과 '상추'의 'ㅅ'이다. 전자는 "골
목, 눈물, 뭉텅뭉텅, 마냥, 구름, 밀어, 네모" 등을
거쳐 "저문 마을"로 귀착하는 경로를 취하고, 후자
는 "상처"에서 시작해 "시장, 상점, 솜털, 속옷, 쌈
쌈"을 경유해 "슬픔을 씹는" 행위로 귀결된다. 두
경로가 교차하면서 '굴불굴불' 이어지는 양상을
추적하는 것은 매우 흥미롭다. 왜냐하면 "무심한
무와 상추 사이"에서 '치매 걸린 할매'의 "누비질
추억"에 대한 시적 주체의 '슬픔'을 가늠할 수 있
기 때문이다. 이는 시적 주체가 '상추'를 씹으면서
'슬픔'을 곱씹는 이유를 설명한다. 곧 'ㅁ'과 'ㅅ'
이라는 특정 소리의 운동은, 시적 주체의 '슬픔'이

'치매 걸린 할매'의 '상처'와 시적 주체의 '무심함'
이라는 "쌈쌈"에서 비롯하는 것임을 들려주는 것
이다. "치마상추"와 "무심한 무"는 서로 상치되고
있다.

　참고로 「어머니의 잠」에도 이러한 상치 구조를
확인할 수 있다. "머리 한쪽을 비우고 살아도/해
거리로 바뀌는 세상인심은 아시는지/맏이 집에
서 둘째 집으로 다시/노인병원으로 노란 링거병
옮기셨다"는 구절은 어머니의 상처와 그에 대한
'세상인심'의 무심함을 암시적으로 보여준다. 여
기서도 특정 소리의 움직임이 시적 주체의 정조와
교묘하게 병행하고 있는데, "노인병원"과 "노란 링
거병"에 반복되는 'ㄴ'의 움직임이 그것이다. 'ㄴ'
의 운동은 어머니의 '노년'의 '나날'이 "낙동강 높
은음자리"처럼 위태롭다는 것, 그리고 그녀가 "누
에 몸 부풀린 어머니"로 죽음의 시간을 견뎌왔다
는 것을 소리의 층위에서 들려준다.

　이처럼 「상추론」은 우리에게 리듬이 개방과 폐
쇄의 상치 구조 속에서 시의 의미와 소리를 매개
한다는 사실을 확인시켜준다. 이러한 사실은 다
음의 시에서도 확인할 수 있다.

웃자란 쑥대와 눈인사하고
당집 금빛 금줄로 마음 감발하고서
홀로 옥천사 찾는다

멀리 화왕산 불길 치미
그 아래 이마 지진 돌부처도 웃으시겠다
걸어도 걸어도 고요한 저승
혼자 되돌아와 기진했는가

탑돌 둘 우물터 하나

엄마
엄마
울며 다시 머리 깎는 아홉 살 신돈

돌복숭 여윈 가지로
하늘 때린다.

─「마른번개」 전문

      요사채처럼 단정하다. 뺄 것이 없다는 것은 바로 이런 시를 두고 하는 말인 것 같다. 시가 이렇게 단아할 수 있는 건, 무엇보다도 "당집 금빛 금줄로 마음 감발"한 결과이다. 아마 그는 "홀로 옥천사" 어디선가 묵언수행 중인 듯하다, "이마 지진 돌부처"와 "탑돌 둘"처럼. 이렇듯 이 시는 주관적 정서를 극도로 배제하고 있다. 그만큼 침묵과 여백의 미가 돋아 보인다. 그런데 이 고즈넉한 풍경 속에도 서슬 퍼런 고뇌가 들어 있다. "걸어도 걸어도 고요한 저승/혼자 되돌아와 기진했는가"는 시의 고요가 죽음의 세계에서 돌아와 탈진한 자의 침묵임을 암시한다. 여기서 귀환한 자는 고려의 승려 신돈辛旽이다. 그가 "다시 머리 깎는 아홉 살" 아이로 절에 나타난 것은, 옥천사가 바로 어머니의 처소이기 때문이다. 따라서 옥천사는 이중의 공간, 육친의 정을 느낄 수 있는 세속의 공간이자 탈속을 위한 도량의 공간이다. 이것이 신돈의 씀辛과 밝음旽을 구성한다. 어린 신돈에게 옥천사는 이중적 힘이 규율하는 공간인 것이다.

그러므로 "돌복숭 여읜 가지로/하늘 때린다"는 구절은 감정과 욕망을 다스리지 못한 자에 대한 징벌을 의미한다. 이는 '마른번개'가 때리는 것이 속탈하지 못하고 귀환한 신돈만이 아니라는 것을 암시한다. 곧 "혼자 되돌아와 기진"한 자는 "홀로 옥천사 찾는" 자이기도 한 것이다. 또한 그는 욕지에서 '구름 목욕탕'에 이르는 '붉은 길'을 홀로 오른 자이기도 하다. 지금 그가 찾고 있는 것은 '마지막 어느 아침'에 이르는 하강하는 계단의 마지막 층계이다. '마른번개'가 시의 공간을 가득 울리며 '하늘을 때리는 것'은 바로 이 순간이다. 신돈에게 옥천사가 어머니와 부처라는 이중적 힘의 공간이듯, 시적 주체에게 시의 공간은 중력과 부력이라는 이중적 힘의 지배하는 공간인 것이다.

이 시가 구현하는 절제된 언어와 리듬은 바로 이러한 징벌과 관계있다. 『가을 악견산』 표지에서 시인은 "죽음은 늘 턱없이 넘치려 하는 생각이나 부풀리고 싶은 느낌을 다독거려주는 힘이 있다"고 언명한 바 있다. 이것은 죽음과 언어 표현 사이의 상관성을 보여준다. 즉 시적 주체에게 죽음은 슬픔을 야기하는 힘이며, 동시에 발화를 억제하는 힘이기도 한 것이다. 이미 보았듯이, 그의 시는 대체적으로 부재와 죽음의 세계를 노래한다. 비록 지시하는 대상과 형식은 다르지만, 죽음의 세계에서 배태된 시적 주체의 슬픔과 상처는 제 나름의 방식으로 시적 내용을 규율하고 있다. 위의 시의 침묵과 여백 역시 이러한 힘으로부터 생성된다. 여기서 '마른번개'는 바로 이 소멸의 힘을 상징적으로 표현하고 있다. 그것은 "우물터 하나"에

"아홉 살 신돈"의 울음만을 남겨 놓은 채, 시의 여백 속으로 도저하게 사라지는 중이다.


## 5. 생의 슬픔을 빗질하는 자

시의 시공간이 '굴불굴불'한데, 어찌 시적 언어가 '굴불굴불'하지 않을 수 있겠는가. 정형적 율격에 기대어 시의 언어와 리듬을 설명하는 방식이 대체로 도로에 그칠 수밖에 없는 것은 이러한 이유에서이다. 이는 시적 언어의 형식과 리듬을 대하는 우리들의 태도가 어떠해야 하는지를 반성케 한다. 보았다시피, 박태일 시의 기저에는 죽음과 슬픔이라는 강력한 중력장이 내재해 있다. 죽음과 슬픔은 분출하는 힘이지만, 그는 그 힘으로써 발화에의 욕구를 억제하고 부유하는 언어를 수렴하려 든다. 여기에 의미와 표현 사이의 긴장이 생긴다. "뜻으로써 그것은 가두고, 시적 표현으로써 열린다"는 말은 바로 그 긴장 한가운데에서 탄생하는 시적 언어의 역설을 역설한다. 그 역설의 봉두난발을 빗질하는 가운데 비로소 결이 고운 언어가 탄생한다는 사실, 그의 시가 보여주는 바가 바로 이것이다.

그러니 우리는 무엇보다도 먼저 "슬픔을 빗질하는 솔빛 능선"(「12월」)에 올라야 한다. 그곳에서 슬픈 마음을 감발하고 생의 슬픔을 빗질하는 자의 걸음을 좇아야 한다. 그를 따라 "잘름잘름"(「산해정」) 걷다 보면, "왼발에 왼손 오른발에 오른손 어릿어릿"(「겨울 정선」) 걷기도 하겠지만, 결국 "드는 길과 나는 길이 하나"라는 사실을 깨닫게 될 것이다. 그리하여 그 걸음이 '굴불굴불' 생의 리듬을 구현한다는 것과 시적 언어란 바로 그 리듬과 동무한다는 사실 또한 더불어 알게 될 것이다.

문예중앙시선 35

# 옥비의 달

초판 1쇄 발행 | 2014년 9월 1일

지은이　　| 박태일
발행인　　| 노재현
편집장　　| 박성근
책임편집　| 송승언
디자인　　| 권오경
마케팅　　| 김동현, 김용호, 이진규

인쇄　　　| 미래인쇄

발행처　　| 중앙북스(주)
등록　　　| 2007년 2월 13일 (제2-4561호)
주소　　　| (121-904) 서울시 마포구 상암산로 48-6(상암동, DMCC빌딩 20층)
구입문의 | 1588-0950
홈페이지 | www.joongangbooks.co.kr / www.facebook.com/hellojbooks

ISBN 978-89-278-0570-0  03810